双葉文庫

蘭方医・宇津木新吾

誤診

小杉健治

目次

蘭方医・宇津木新吾　誤診

第一章　町医者幻宗

一

日が暮れて来た。宇津木新吾《うつぎしんご》は小名木川《おなぎ》にかかる高橋《たかばし》を渡り、常磐町《ときわ》二丁目の角を曲がった。

文政《ぶんせい》十一年（一八二八）三月。枝垂《しだ》れ桜も盛りを迎えている。

新吾、二十二歳。凛《りん》とした姿。頰《ほお》から顎《あご》にかけて鋭く尖《とが》ったような顔だちだが、涼しげな目許が全体の印象を爽《さわ》やかなものにしていた。仙台袴《せんだいばかま》で腰に愛刀の大和守安定《やまとのかみやすさだ》を差している。

八百屋、惣菜屋、米屋など小商いの店が並ぶ通りが途切れ、やがて今までと雰囲気が違う場所に出た。狭い間口の二階家が並び、戸口に女の姿がちらほら見える。薄暗くなり、軒行灯《のきあんどん》に灯が入る頃だ。

どうやら、迷ったらしい。軒下に『叶屋《かのうや》』と書かれた提灯がさがっている家の戸口から、襟首まで白粉《おしろい》を塗りたくった女が出て来て、新吾に声をかけてきた。

「お侍さん、遊んでいかないかえ」

甘えるような声だ。若作りをしているが、二十代半ばは過ぎているようだ。

「すまぬな。行くところがある。そうだ、村松幻宗《むらまつげんしゅう》先生のお住まいはどこかわかるか」

ついでに新吾はきいた。

「幻宗先生？」

きき返してから、女は明るい声で、

「お侍さんも幻宗先生の評判を聞いて来たの。幻宗先生に診てもらえば、すぐよくなるわ。よくなったら、来てね。わたし、おはつ、だから」

「わかった。で、場所は？」

「この先の角を曲がって、しばらく行くと空き地に出るわ。その脇に立派な一軒家があるの。そこよ」

おはつと名のった女はわざわざ近づいて来て指で指し示した。

「かたじけない」

「きっとよ。待っているわ」

おはつの声を背中にきいて、新吾は歩きはじめた。

立派な一軒家だという。村松幻宗はある大名家の藩医だったそうだ。どういうわけで、この地で町医者をやるようになったのかはわからない。

おはつに教わったように角を曲がると、さらに古ぼけた家並みが続いた。表長屋も傾きかけている。これではそこそこの家なら立派に見えるかもしれない。

そう思いながら空き地に出た。辺りを見回すが、それらしき家はなかった。空き地の先に大名の下屋敷の塀が見える。

おはつが言った空き地はここであろう。掘っ建て小屋と見紛《みまが》う大きな平屋があった。

まさかと思いながら、平屋の前に行ってみた。戸口の庇《ひさし》の下に木切れが下がって、風でくるくるまわっていた。

新吾は近づいて、木切れの文字を読み取った。『蘭方医幻宗』とあった。新吾は呆れ返って、ため息をついた。

ここが幻宗の施療院だとはにわかに信じ難かった。立派な一軒家というおはつの言葉は皮肉だったのか。

流行《はや》っていないのだろう。医師としての腕が悪いのか、人間が偏屈で患者が近寄らないのか。

幻宗先生に診てもらえば、すぐよくなると女が言ったのも皮肉だったのか。たとえ、どんな相手であろうが、用事を果たさねばならない。そう思い、新吾は戸口に向かった。

新吾は深呼吸をしてから、引き戸を開けた。とたんに、あっと声を上げそうになった。

「これは――」

土間に、びっしり草履《ぞうり》や下駄《げた》が並んでいる。履物を脱ぐ余地がないほどだ。目を丸くしていると、たすき掛けの若い女が出て来て、

「申し訳ございません。これだけお待ちの患者さんがおります。少しお待ちになるかもしれません」

と、すまなそうに言う。

「いえ、私は幻宗先生を訪ねて来た者で患者ではありません。お手すきのときにちょっとだけでも、お会い出来ればいいのですが」

新吾は申し入れたが、女は困惑した顔で、

「いまはとても手が離せません。緊急の患者さんが運び込まれて、これから施術をしなければなりません」

「施術？」

「はい。なにしろ人手が足りませんので。申し訳ございません」

あわただしく立ち去ろうとした。

「お待ちください。何の施術です？」

新吾は声をかけた。

「刀で斬られたのです。失礼します」

「お手伝いいたしましょう」

新吾は見捨てておけなかった。

「あなたさまは？」

「私も医者です。まだ、見習いですが」

新吾は勝手に部屋に上がり、迷っている女を急《せ》かして奥の施術部屋に行った。女はおしんと名乗った。

縁台をふたつ並べて作った施術台で男が唸《うな》っていた。息は荒く、額に脂汗が浮かんでいる。両手、両足は縄で台に縛りつけられていた。その台の前に、鉢巻きをし、手拭いで口を覆った大柄な男が立っていた。幻宗に違いない。助手らしき二十四、五歳の男が患者の肩を、職人体の男が患者の足首を押さえている。他に助手らしき男はいない。

部屋にはいくつも行灯《あんどん》が灯っているが、幻宗の手元は暗い。

新吾は大小を壁際に置き、手を洗った。

「おい、肩を押さえろ」

幻宗が新吾に向かって怒鳴った。助手の男ひとりでは暴れる患者の肩を押さえつけられなかった。

「はい」

新吾はあわてて、仰向けになった男の片方の肩を両手で押さえる。もう一方の肩を助手が押さえつけた。

男の腹には横一文字に三寸（約九センチ）ほどの傷があった。

止血薬を塗った布を押し当てているが、それも血で赤く染まっていた。

「明かりを」

おしんが手燭《てしょく》の明かりを近づけると、幻宗は用意してあった湯呑みをとった。

男の口に湯呑みを持って行き、強引に口を開けて、流し込んだ。とたんに男が暴れた。新吾は肩を押さえつける手に力を込めた。

液が少し男の口から漏れたが、何度か喉が大きく波打った。少しこぼれたが、だいぶ呑み込んだようだ。鎮痛剤だ。

幻宗は次に傷口の周囲を拭いた。男の肩がまた動いた。新吾と助手がふたり掛かりで力を込めて押さえつける。足首は職人ふうの男が必死に押さえつけている。

「針」

幻宗が怒鳴る。

一方の手に手燭を持ったまま、おしんが糸を通した小針を渡す。手燭の明かりが揺れた。幻宗は針を摑み、すぐに縫合をはじめた。

慎重でいながら、素早い手の動きだった。針が食い込み、腹から抜けるたびに男は悲鳴を上げて暴れる。

「安心しろ。だいじょうぶだ」

新吾は励ます。

縫合はあっという間に終わった。もう一度、傷口に薬を塗り、晒《さら》しを巻く。その手際のよさに、新吾は目を見張った。

が、それ以上に、新吾が驚いたのは薬だ。西洋薬学をものにしているらしい。

「よし」

幻宗は大声を発した。

「しばらく、このままだ」

そう言い、幻宗はその場を離れ、部屋を出て行った。

男は気を失ったのか、静かになっていた。新吾は手を離した。

「多助《たすけ》」

足首を押さえていた男が枕元にやって来た。心配そうに顔を覗き込む。

「もうだいじょうぶです」

助手の男が言い、あとをおしんに任せて施術部屋を出て行った。

「よかった。多助、よかった」

「多助というのか。この傷はどうしたんだ？」

新吾は職人ふうの男にきいた。

「へえ。本所《ほんじょ》の狼でさ」

「本所のおおかみ？」

聞き違いではなかった。

「割下水《わりげすい》の不良旗本です。徒党を組んだ悪《わる》ですよ。料理屋で難癖《なんくせ》をつけて暴れて、金をせしめたり、水撒きをしている丁稚《でっち》の前にわざと近づき、水をかけられたと騒いでは見舞金を出させたり、若い女を無理やりに屋敷に連れ込んだりと、やっていることはごろつきと同じです。首領格の男が友納長四郎《とものうちょうしろう》って旗本です。きょうだって、連れの侍が無礼討ちだと言いやがって」

職人は歯噛みをした。

「ひどい話だ」

新吾は呆れた。

「あいつら人間じゃねえ。我が物顔で町を闊歩《かっぽ》し、若い女をからかい、行き交う男を威《おど》し、言うことを聞かなければ半殺しの目にあわせる。獣《けだもの》だ。だから、あっしたちは狼って呼んでいるんですよ」

悔しそうに、職人ふうの男は唇を噛んだ。

「町奉行所の人間はどうしているのだ?」

「手が出せねえ」

うっと多助が唸った。あわてて、職人ふうの男が多助の顔を覗き込む。

新吾は多助の様子を診る。

「心配ない。熱でうなされているだけだ」

「そうですか」

職人ふうの男は安心したように吐息をもらした。

怪我人の前なので、長話は出来ない。

「ありがとうございました」

おしんが新吾に礼を言う。

「いえ、私は何のお役にも――」

ただ、肩を押さえていただけだ。

新吾は施術部屋を出た。

療治部屋に行くと、幻宗はすでに次の患者の診察をはじめていた。

大部屋に多くの患者が待っていた。施術があったので、よけいに待たされている。

助手の男も、幻宗の横で診察に当たっていた。

忙しそうで、声をかけることも出来ない。いつ幻宗の体が空くのかわからない。出直すしかないと思った。

おしんが施術部屋から戻って来た。幻宗のそばに行き、何ごとか囁《ささや》いた。幻宗がちらっと新吾に目をくれた。

だが、すぐに患者の診察にかかった。

新吾は黙って玄関に向かった。土間には、まだたくさんの履物がある。

土間に下りようとしたとき、おしんが小走りにやって来た。

「先生がお待ちいただくようにと。もし、お時間がおありでしたら、お待ちいただけませぬか」

「どこかで一刻（二時間）ほど、時間をつぶして出直します」

「そんなにお待ちにならなくてもだいじょうぶです」

「そうですか」

「どうぞ、向こうの部屋でお待ちください」

おしんが奥に案内しようとするのを、

「いえ、こちらで」

と、患者の溜まり場になっている大部屋に目をやった。

「そうですか。では、あとでお呼びに参ります」

おしんが療治部屋に向かってから、新吾は大部屋に入った。

板敷きに茣蓙《ござ》を敷いただけの部屋に、大勢の患者が静かに待っている。

新吾は空いている場所に腰を下ろした。

「お侍さんはどちらから」

横にいた商人ふうの男がきいてきた。四十ぐらいか。小肥りで、ふくよかな顔をした男だ。笑うと細い目がさらに糸のように細くなる。

「小舟《こぶな》町だ」

「そうですか。あっちのほうからもずいぶん大勢来ますからね。やっぱり、幻宗先生を頼るしかないんでしょうね」

男の言葉が気になった。小舟町からも大勢患者がやって来ているらしい。小舟町二丁目には義父の宇津木順庵《じゅんあん》がいるのだが――。

「ずいぶん、流行《はや》っているな」

新吾は半ば驚いてきいた。

「ええ、幻宗先生に診てもらえば安心ですからね」

「こんなに繁昌《はんじょう》しているのに、家は汚いな」

新吾は正直に言う。

「繁昌たって、儲けなんてないでしょうからね」

「儲けがない?」

新吾は耳を疑った。

「ええ。だって、金をとらないんですから」

「どういうことだ？　みな、ただで診てもらっているのか」

「そうですよ。ご覧くださいな。みな、貧しいものばかりですからね」

確かに、ここにいる人びとの身なりはお世辞にも上等とはいえない。継《つ》ぎ接《は》ぎの着物姿も目立つ。

「しかし、それではやっていけないだろう。やはり、金持ちからは多くとっているのか」

金のない者からは金をとらず、あるところから多くとる。そういう医者がいるという話を聞いたことがある。幻宗もそんな医者なのかと思った。

「いえ、金持ちからだってとりませんよ。その代わり、金持ちだろうが、貧乏人だろうが、お侍さまであろうが、みなここで順番を待つんですよ。金を出すから先に診ろなんて、通用しません」

おしんが現れて誰かを呼ぶのを、

「あっ、私の番です」

とあわてて言い、男は新吾に頭を下げて立ち上がった。

金をとらずに、どうやって医者を続けていけるのか。薬の手配だってしなければならない。第一、自分たちの食い扶持《ぶち》はどうしているのか。幻宗の他に助手がひとり。

それにおしん。女中と下男。五人いる。

腕がいいのはさっきの施術を見てわかった。あれだけの腕がありながら、どうしこんな場所にくすぶっているのか。

新吾には幻宗という男が理解出来なかった。

「お侍さまはどこが悪いのですか」

木綿《もめん》の派手な柄の女がきいた。一目で玄人だとわかる。さっきの娼家の女か。二十五歳前後のようだ。

「いや、私は患者ではないんだ。幻宗先生に会いに来た。そなたはどこが?」

「あっちよ」

女は下卑《げび》た笑みを浮かべた。

「あっち?」

「いやだ。しものほうよ。花柳病」

女は声をひそめた。

その女が呼ばれて行った。

三十歳ぐらいの遊び人ふうの男が立ち上がった。おしんを追いかけ、何ごとか囁いた。そして、そのまま廊下に出て行った。

男の横顔に厳しいものがあった。幻宗はどんな人間も分け隔てなく診察する。だから、いろいろな患者がいるのだ。

遊び人ふうの男がようやく戻って来た。今度はその男が呼ばれた。おしんがやって来て、猪之吉《いのきち》さんと呼びかけると、その男が立ち上がったのだ。

だんだん、患者の数は減って来たが、まだ数人が残っていた。それなのに、新吾が呼ばれた。

「どうぞ、先生がお待ちです」

おしんが近づいて来て言う。

「いいのですか。まだ、患者さんがお待ちですよ」

「はい。だいじょうぶです」

「では」

新吾は立ち上がった。

療治部屋で、幻宗が待っていた。浅黒い顔で、目が大きく鼻が高い。間近で改めて見ると、見掛けより肌艶は若く、四十には達していないかもしれない。三十六、七だろうか。

「はじめて御意を得ます。私は宇津木新吾と申します。先日、五年ぶりに長崎の遊学から戻りました」

「長崎――」

　幻宗は大きな目を細めた。

「先生も長崎にいらっしゃったことがあるそうですね」

「うむ」

　もっと懐かしむかと思ったが、幻宗の表情は変わらない。

「じつは江戸に戻るにあたり、師の吉雄《よしお》権之助《ごんのすけ》先生から幻宗先生に渡して欲しいと手紙を託されてまいりました」

「なに、権之助どのから」

　はじめて、幻宗の表情が動いた。

　吉雄権之助は長崎通詞の吉雄耕牛《こうぎゅう》の妾《めかけ》の子だ。子どもの頃よりオランダ語の達人で、さらに蘭医について外科学も修めた。

　吉雄耕牛は蘭通詞であり、オランダ流医学を学び、家塾『成秀館《せいしゅうかん》』を開き、蘭語と医学を教えた。多くの門人がおり、江戸蘭方医学の祖と言われた杉田《すぎた》玄白《げんぱく》もそのひとりである。そして、幻宗もまた耕牛の私塾で修業を積んで来た人間だと、権之助から聞いている。

吉雄権之助は父耕牛のあとを継ぎ、若い蘭方医の育成をしている。新吾はそこで五年間修業を積んだ。

新吾が遊学を終え、いよいよ江戸に帰るという前日に、権之助から幻宗宛ての手紙を託された。

新吾は懐からその手紙を出し、幻宗に渡した。

幻宗は手にしたがすぐに開こうとはしなかった。

「宇津木どのは、宇津木順庵どのの？」

手紙を手にしたまま、幻宗は確かめるようにきいた。

「順庵をご存じですか。順庵は父でございます。といっても、十年前に養子に入ったのですが」

新吾は七十俵五人扶持の御徒《おかち》衆《しゅう》田川源之進《たがわげんのしん》の三男であった。いわゆる部屋住みで、次兄は他の直参に養子に行った。

新吾は幼少のときより剣術と同様に学問好きであった。宇津木順庵に可愛がられ、乞《こ》われるようにして養子になった。そのころから蘭学に興味を持ちはじめていて、宇津木家に行けば、蘭学の勉強が出来るという期待もあった。事実、養父順庵は新吾を長崎に遊学させてくれたのである。

「そうか。順庵どのの――」

もう一度、幻宗は言った。

なんとなく、その言い方が気になった。そういえば、大部屋で話した商人体の男が小舟町のほうからもたくさんの患者が来ていると言っていた。そういう患者から順庵の噂を聞いていたのかもしれない。

「幻宗先生、ひとつお訊ねしてよろしいでしょうか」

新吾は切り出した。

「なんだ？」

「先生は、なぜ、薬礼《やくれい》をとらないのでしょうか」

少し挑むような口調になったのは、真意を知りたいという強い思いからだ。

幻宗は少し考えていたが、

「患者を見たか。ここには貧しい者も来る。そんな連中から金はとれぬ」

と、きっぱり言った。

「では、なぜ、金持ちからとらないのですか。金があるところからとらねば、この施療院を維持していくことは難しいのではありませんか」

「金があるからとる、金のないものからはとらない。どうして差別する。それより金のあるなしをどうやって判断するのだ。見かけか」

「はあ」

新吾は返事に窮した。

「宇津木どの。この手紙を届けてくれた礼といっては何だが、これから医師としてやっていく御身《おんみ》にひとつだけ医者の心得を教えておこう」

幻宗は表情を変えずに続ける。

「医者は、患者の貧富、および貴賤《きせん》を考えてはならぬ」

「もとより、私にはそんな気持ちはありません」

「だが、金持ちから金をとればいいと考えているのではないか」

「逆にお伺いいたします。なぜ、金持ちから金をもらってはいけないのですか」

新吾は身を乗り出していた。

「金を出したほうからすれば、金を出さない患者と同じ扱いでは面白くないだろう。当然、自分の治療を優先せよとなる。それが人間の情というものだ。それでは、平等には出来ぬ。施療に差をつけるとしたら、病気の内容だ。緊急を要するものから手当てをする」

「確かに、それは理想だと思います。しかし、施療院を維持していくためには金が必要ではありませんか」

「そのとおりだ」

幻宗は素直に言う。

「いや、偉そうなことを言うた」

幻宗は苦笑したあとで、

「そなたは、患者から金をとらず、どうしてここがやっていけるのかと不思議に思っているようだな」

「はい」

「台所に行けばわかるが、貧しいものが野菜や食べ物などを持って来てくれる。自然な感謝の気持ちだ。それから、金持ちは感謝の気持ちを金銭で与えてくれる。もちろん、何もしない者が多い。だからといって、差別することはない」

さらに、幻宗は続けた。

「金をとらないぶん、患者は感謝の気持ちを何らかの形で示そうとする。感謝の気持ちは貧富に関係なく、みな同じだ。ただ、金のあるなしで、その表し方が違うだけだ」

金持ちからの寄付で施療院の運営を賄《まかな》っているとしたら、結局金持ちから金をとっているのと同じではないのか。

そう反論しようとしたが、廊下からさっきの職人ふうの男が声をかけてきた。

「先生」

「どうした?」

幻宗は顔を向けた。

「じつは多助のかみさんが来ましたのでご挨拶《あいさつ》に」

男の後ろに女がいた。

「先生、ありがとうございました。なんとか命拾いをしました」

二十代半ばぐらいの小肥りの女が礼を言ったが、途方にくれたように、

「でも、この先、どうしたらいいか」

と、嘆いた。

「先生」

職人ふうの男が口をはさんだ。

「多助が仕事出来るようになるまでどのくらいかかるんでしょうか」

「傷口は半月ほどで塞《ふさ》がるだろう。だが、仕事が出来るようになるにはふた月、いや、三月《みつき》はみたほうがいいな」

幻宗は冷厳《れいげん》な口調で言う。

「三月も仕事が出来なかったら、干上がってしまいます」

職人ふうの男が悲鳴をあげた。

「うむ」

幻宗は唸った。

「あっしは悔しい。本所の狼の狼藉《ろうぜき》にはたくさんの人間が苦しめられているんです。お役人は何もしちゃくれねえ」

「どうして斬られたのだ？」

幻宗がきいた。

「相手は酔っていたんですぜ。すれ違ったとき、向こうがよろけて、多助にぶつかったんだ。そしたら、向こうが怒りやがって。お侍さまのほうでぶつかって来たんだと言ったら無礼者って騒ぎだした。謝らなければ無礼討ちだと言いやがって。しかたないから、多助に謝らせたんです。それなのに、本心から謝ってないと言いやがって。金ですよ。金を出さないから」

「ひどい奴らだ」

幻宗は吐き捨てた。

「よし。まかせておけ。詫び料をとってやる」

医者の言葉とは思えなかったので、新吾は耳を疑った。

「先生、お願いいたします」

多助の女房も訴えた。

「安心しろ」

「へい」

ふたりはほっとしたように引き下がった。

新吾の不審そうな顔に気づいたのか、幻宗は言った。

「本所にはうじゃうじゃと狼がおる。人を斬って、無事にすまされるものではない。どうせ町奉行所は手が出せまいから、わしが代わって詫び料をとる。それだけだ」

「でも……」

医者の領分ではないのでは、と言おうとする前に、

「やられた者の身になってみよ。斬られた傷の痛み以上に、理不尽な仕打ちにあって心も傷ついておる。そこまで癒してやるのが医者の務めだ」

と、幻宗は自分自身に言い聞かせるように言った。

「でも、そんなことをして、先生の身に？」

新吾は気にした。

「心配はいらぬ」

事も無げに言い、幻宗はおしんに目配せをした。大部屋で待っている患者の診察をはじめようというのだ。

「先生のご高説をお伺いし、有益でございました。では、私はこれにて失礼をいたします」

潮時と思い、新吾は別れの挨拶をした。

「うむ。ごくろうだった」

新吾は頭を下げて立ち上がった。

療治部屋を出るとき、振り返った。手紙を読みはじめた幻宗の顔が厳しいことに気づいた。

いったい、何が書かれているのか、新吾は気になりながら、すっかり人通りの絶えた夜の道を小舟町まで急いだ。

二

翌朝、新吾は未明に起き、庭に出て、木刀《ぼくとう》を五百回振り、さらに真剣での素振りを二百回こなした。

汗を拭いてから座敷に戻ると、小机に向かって蘭語の『外科新書』開いた。これは師の吉雄権之助が独力で翻訳したことで知られているが、新吾自身も蘭語の学習のために長崎にいるときに写本したのである。

医学の基礎である蘭語を学ぶことの重要性を権之助から耳にたこができるほど言われており、それを実践している。

しかし、いつもなら学問に集中するのだが、きょうに限って身が入らない。そのわけはわかっていた。

さっきから幻宗のことが脳裏を掠めているのだ。

権之助からはただ深川常磐町二丁目で町医者をしている村松幻宗を訪ねてもらいたいと手紙を預ったただけで、幻宗のひととなりを詳しく聞いたわけではない。

ただ、話の様子から、幻宗は権之助の父吉雄耕牛の開いた家塾『成秀館』で蘭語と医学を学んだようだ。もっとも、幻宗が長崎に行ったときは、すでに吉雄耕牛は没しており、あとを継いだ耕牛の長男と権之助の指導を受けたようだ。

新吾の師である権之助のほうが幻宗より五、六歳は上のようだが、ふたりが親しかったことはわかる。

だが、権之助からの手紙を読んだときの幻宗の厳しい顔が脳裏にこびりついている。いったい、あの手紙に何が書かれていたのか。

それにしても、幻宗とは不思議な男だ。富や名声にはまったく興味がなさそうだ。

新吾よりだいぶ前の世代だが、平賀源内《ひらがげんない》、杉田玄白、大槻玄沢《おおつきげんたく》、前野良沢《まえのりようたく》などのそうそうたる学者たちも、耕牛の教えを受けている。その流れに、幻宗も位置するはずだ。

つまり、幻宗が彼らより力が劣るとは思えない。施術を見ても、蘭医としてはかなりの腕だとわかる。あれほどの名医なら、御目見《おめみえ》医師に推薦されてもおかしくない。

なのに、あのようなあばら家のようなところの町医者に甘んじ、貧富や貴賤に関係なく、患者から金はとらないという。

名声を得ようという気持ちがまったくない。そんな幻宗のひととなりに、新吾は興味を惹かれた。

それだけではない。医者の領分までも越えて、本所の狼といわれる直参に対して補償金を払わせようとする。

多助を斬り殺すまでにはいたらなかったのは、刀を振りまわした侍が相当酔っていて見切りを間違えたからであろう。もし、酔っていなければ、多助は死んでいたかもしれない。

かなり乱暴な連中のようだ。そんな連中を相手にして幻宗はだいじょうぶだろうか。ほんとうに本所の狼に立ち向かうつもりか。

いったん気になると、落ち着かなくなった。急いで朝餉《あさげ》をすまし、新吾は部屋に戻って外出の支度《したく》をした。

「新吾。出かけるのか」

十徳《じっとく》姿で養父の順庵がやって来た。色白の顔で、四十半ばだ。

「はい。幻宗先生のところに」

「名もない町医者と誼《よしみ》を通じても益はなかろう」

順庵は眉を寄せ、
と、口許を歪めた。

「いえ、あの御方はなかなかの医者とお見受けいたしました」

新吾は素直な感想を述べた。

「ばかな。吉雄さまからの使いというから許したまでで、用が済んだのだからもう関わりは持つな。それより、忘れたのか。きょうは漠泉《ばくせん》さまにご挨拶に伺うことになっているではないか」

「えっ？　聞いていません」

新吾は耳を疑った。

漠泉とは幕府の表《おもて》御番《ごばん》医師の上島《うえしま》漠泉のことである。

「ちゃんと話した。ともかく、午《うま》の刻（午後〇時）過ぎには向こうに行くことになっている」

有無を言わせぬ強い口調だ。

「わかりました」

反撥を覚えたが、新吾は従わねばならなかった。幻宗のところには夕方に行けばいいと、新吾は自分に言い聞かせた。

午の刻過ぎ、順庵とともに、新吾は木挽《こびき》町にある上島漠泉の屋敷を訪れた。

門構えも立派であり、看板も大きく、表御番医師の偉容を誇るような屋敷だ。幻宗の家とは雲泥の差である。

表御番医師は江戸城表御殿に詰めて急病人に備えた。三十名いるうちのひとりが上島漠泉で、いずれ奥医師になるだろうと言われているらしい。

奥医師とは将軍や御台所、側室の診療を行う医師である。

庭に面した座敷で、新吾は漠泉と対面した。漠泉は細面の色白で、鼻が高く、唇が薄い。四十前後だ。表御番医師という地位が尊大な態度をとらせているのか、漠泉は胸を反《そ》らして、見下すような目を向けた。

「このたび、長崎の遊学から帰って参りました新吾にございます」

順庵が引き合わせる。

「新吾にございます。お会い出来まして恐悦至極に存じます」

新吾は手をついて挨拶をする。

「うむ。なかなかの面構え」

漠泉は上機嫌で言う。

「はっ。恐れ入ります」

「長崎はどうであったな」

「はい。吉雄権之助先生をはじめ、高名な蘭学者がたくさんおられ、いろいろご指導いただき、とても勉強になりました」

「そうか、結構、結構」

漠泉は順庵に目を向け、

「順庵どの。立派に成長されたではないか」

と、目を細めた。

「はっ、恐れ入ります」

順庵は必要以上にへつらっているように思える。

「失礼いたします」

襖《ふすま》が開いて、若い女が入って来た。あでやかな紅の花柄の裾模様。一瞬にして華やかな雰囲気に包まれる。

「娘の香保《かほ》だ」

「香保にございます」

丁寧に挨拶をし、顔を新吾に無遠慮に向ける。目がくるっとしていて、含み笑いをしたような口許が妖艶だ。

二十歳を越えた女の色香が漂っているが、まだ十七歳らしい。

新吾はどぎまぎして目を逸らした。

「これ、そなたも挨拶をせぬか」

順庵が新吾に言う。

「はっ」

あわてて新吾は香保に向かい、

「宇津木新吾です」

と、頭を下げた。

「新吾は五年ぶりに江戸に帰ってまいりました。まだ、不束者《ふつつかもの》でございますが、よろしくお願いいいたします」

順庵は頭を下げた。

「こちらこそ、よろしくお願いいたします」

香保は余裕の笑みをたたえた。

「香保どのはますますお美しくなられ、眩《まばゆ》いばかりでございます」

順庵は香保に取り入るように言う。

「まあ、いやですわ」

香保は恥じらった。

「我がままで困る」

漠泉が苦笑した。

「親御はみなそう思うものでございます」

順庵はおもねるように言う。

「香保。わしは順庵と話がある。新吾どのをお庭にご案内せい」

「はい」

えっと、新吾は内心で驚いた。

挨拶が済めば、さっさと引き上げましょうと、順庵に言いたかった。少なくとも、自分は残る必要はあるまいと、新吾は思っていた。早く、深川に行きたいのだ。

だが、香保はそのつもりになって、もう立ち上がっていた。

「新吾さま、どうぞ」

「はあ」

順庵も目顔で行けと言っている。

新吾は仕方なく立ち上がった。

縁側から庭下駄を履いて庭に下りた。広い庭だ。泉水の周囲が散策出来るようになっていて、小高い丘に四阿《あずまや》が見えた。

表御番医師の威光をまざまざと見せつけられた気がした。患者は金持ちが多く、薬礼も半端ではない額をもらうのだろう。

新吾は香保とならんで四阿のほうに向かった。女の甘い匂いが心をときめかせる。

その四阿まで行くと、今までいた座敷がかなたに見えた。漠泉と順庵がふたりして
こっちを見ていた。

「新吾さま、長崎の女子《おなご》はいかがでした？」

それまでのしとやかな雰囲気を打ち消すように、香保はいたずらっぽい目を向けた。

「女子？」

「ええ。江戸の女子とは違いまして？」

香保は無遠慮にきく。

「いえ、私は女のひとのことはわかりません」

「まあ、嘘ばっかり」

「嘘ではありません。長崎には遊びに行っていたのではありませんから」

少し語気を強める。

「でも、勉強ばかりではないでしょう。休みのときには、遊びに行ったはず。だって、
殿方って女子の肌が恋しくなるものでしょう」

体をくっつけんばかりに香保は近づいた。若い女の体臭なのか、甘い香りが鼻につ

んときた。

まったく物おじしない。初対面とは思えぬ馴れ馴れしさは、香保がこれまでにたくさんの男とつきあって、男馴れしていることを物語っている。かなり遊んでいる女だと知れた。金もあり、美しい。言い寄る男も多かろうが、香保のほうが男を弄《もてあそ》んでいるような気もした。

そう思うと、香保といっしょにいてもどこかしらじらしい気持ちになる。またもや幻宗のことが思いだされた。

今夜にでも、本所の狼の親玉である友納長四郎に会いに行くだろう。話を聞いた限りでは、相手は乱暴者だ。

小普請組《こぶしんぐみ》の旗本は暇と窮乏から直参の矜持を失い、自暴自棄になっているのだ。何かきっかけさえあれば暴れようとしている連中のところにひとりでのこのこ出かけて行くのは無謀だ。

陽が傾いてきて、新吾はだんだん焦りを覚えてきた。

「何を考えているのですか」

香保の声にはっと我に返った。

「いえ、別に」

あわてて答える。

「嘘おっしゃいませ。どこぞの女子のことを考えていたのでありましょう」

「違います」

どうして、そのように決めつけるのだと、新吾はうんざりする。

「ねえ、新吾さま」

急に香保が甘えるような声を出した。

「あのふたり、何をお話しになっているか、おわかり？」

香保は座敷のほうに目をやった。

漠泉と順庵が熱心に話し込んでいて、ときおりこっちを見ている。

「さあ、なんでしょうか」

新吾は小首を傾《かし》げた。

「あら、おわかりにならないのですか」

呆れたように、香保は目を見開く。

「ええ、わかりません」

新吾はむっとして答える。

「そう」

香保はつんとした。

なぜ、香保がそんな顔をするのかもわからない。

「そろそろ、戻りませんか」

新吾は言う。

「知りたいと思いません？」

「何をですか」

「あのふたりが何を話しているのか」

「別に」

「別にですって」

香保が呆れ返った。

「大事な話をしているのに関心がないんですか」

「大事な話？」

「縁談のご相談でございますよ」

「えっ？」

新吾は耳を疑った。

「縁談って、誰の？」

「いやですわ。私と新吾さまですよ」

「……」

新吾は絶句した。

どういうことなのだ。そんなこと、聞いていない。新吾はあわてた。

「私が新吾さまと所帯を持てば、父の引きで順庵さまは御目見医師になられるはず。そしたら、新吾さまなら御目見医師から御番医師になるのも夢ではありませんもの。つまり、私はあなた方の栄達《えいたつ》の道具」

ばかな、と内心で新吾は吐き捨てた。

御目見医師とは大名の藩医、あるいは町医者から有能なものが選ばれる。御目見医師になれば、御番医師への道も開けるのだ。

そのために、義父は漠泉の娘を娶《めと》らせようとしているのかと思うと、胸がむかついてきた。顔色を香保に読まれないように、新吾は深呼吸をして気持ちを静めた。

「聞いていなかったのですか」

「ええ、何も聞いていません」

「そう」

香保は眉根を寄せて、

「新吾さま。お気持ちがここにないようですね」

と、鋭くきく。

「そんなことはありません」

新吾はあわてて答える。

「そうお顔に書いてあります」

「えっ」

新吾は顔に手をやる。

香保がおかしそうに笑った。

「これから、どこぞの女子に会いに行くのでしょう。それで、気もそぞろ」

「違う」

新吾は思わず大きな声を上げた。

「まあ、むきになって。あやしゅうございますわ」

「私は女子に会いに行くのではない」

「ほら、ごらんなさい。どなたかに会いに行かれるのでしょう」

「……」

いいようにやられている。そんな感じがした。

「どうして、私が誰かに会いに行くのだと思われたのですか」

「特に理由はありません。しいて申せば、私もそうだから」

「なるほど。香保どのも、このあとどなたかと約束がおありなのですね。それは殿方ですか。だから、私も女子に会いに行くと思われた？」

うふっと、香保はくるりと背を向けた。そして、すぐ振り返り、

「新吾さまは、私が知り合った殿方とまったく違うわ。男というのは私にぺこぺこし、はいつくばるように言いなりになる生き物かと思ってましたわ」

「そういう男としか巡り合わなかったのはあなたの不幸です」

香保の顔つきが変わった。

「では、戻りましょう」

新吾はさっさと丘をくだり、泉水のそばを通って座敷に向かった。香保が遅れてついて来る。

順庵が、離ればなれに戻ってくる新吾と香保を不思議そうに見ていた。

新吾は順庵とともに、漠泉の家を出た。順庵の機嫌が悪い。

「香保どのと何かあったのか」

順庵は怒ったようにきく。

「別にありません」

「別にだと？　あれから香保どのは顔を見せなかったではないか」

「そうでしょう。私のことがお気に召さなかったようですから」

新吾は順庵に逆らうように言う。

「何があったのだ？」

順庵はもう一度きいた。

「何もありません。ただ、私は香保どのがこれまでいろいろつきあってきた男たちと違ったようで、そこが気にいらなかったようです」

香保の態度を思いだしながら、新吾は言う。

「いろいろつきあってきただと？」

順庵は怪訝《けげん》そうにきく。

「はい。奔放な御方ですから、なんでも話してくれました。父上、私と香保どのに縁談があるのですか。私は聞いていません」

「それは……」

順庵があわてて、

「いずれ、そなたに話すつもりだった」

「申し訳ございません。せっかくのお父上のお計らいですが、私は香保どのからは嫌われた様子」

「困る」

順庵が大きな声を出した。通行人が驚いたように振り返ってすれ違って行く。

「香保さまを妻に迎えれば、そなたは御番医師になるのも夢でなくなるのだ」

「その前に、父上が御目見医師ですか」

「なに……」

順庵は狼狽《ろうばい》した。

「私はそんな思いをしてまで、偉くなろうとは思いません」

「よいか。御番医師になれば、医者としての格式も高く、儲けだって……」

ふいに幻宗の顔が過《よぎ》った。

「父上。私はこれから寄るところがございます」

京橋《きょうばし》を渡ったところで、新吾は言う。

「幻宗のところではないだろうな。だめだ。あんな変人とつきあうんじゃない」

順庵は激しい口調になった。

「今夜、遅くなるかもしれません」

順庵の問いに答えず、新吾はさっさと本八丁堀《ほんはっちょうぼり》のほうに曲がった。

「待て、新吾」

順庵の声を無視し、楓川《もみじがわ》を渡り、本八丁堀から霊岸島《れいがんじま》に向かった。

永代橋《えいたい》を渡るころには黄昏《たそがれ》が迫り、橋の真ん中ではるかに見渡す富士が夕焼けに浮かんでいた。

ついこの間まで、長崎で暮らしていた目にはすべてが新鮮に映った。大川《おおかわ》に浮かぶ屋根船から三味線の音が聞こえた。

佐賀《さが》町から小名木川に出た。常磐町二丁目にやって来たとき、暮六つ（午後六時）の鐘が鳴りはじめた。

幻宗の施療院に行くと、大部屋にはまだ何人かの患者が待っていた。間に合ったと、ほっとした。

「宇津木さま」

おしんが出て来た。

「幻宗先生にお会いしに来ました。終わるまで待たせていただきます」

新吾は勝手に上がった。

「はい」

おしんは戸惑いながら療治部屋に戻った。

ひとりが呼ばれ、大部屋に残るのはあと三人だけだった。いずれも継ぎ接ぎの着物の貧しそうな身なりの者たちだった。

だが、不思議なことに表情に暗いところはなかった。

「どこが悪いのだ？」

新吾は近くにいた老婆に声をかけた。

「さあ、別に」

「えっ？」

「特に悪いところはありません」

「では、どうして？」

「幻宗先生に診ていただくと元気が出ますから」

次々と呼ばれ、大部屋には新吾だけになった。

どこも悪くないのにやって来る。幻宗に会えば元気になるという老婆の言葉が耳にこびりついている。そういえば、きのうは数人の患者を待たせ、幻宗は新吾に会った。あの場にいたのは、あの老婆のような患者ばかりなのだろうか。

さっきの老婆がにこやかな顔で療治部屋から出て来た。

「どうぞ」

おしんが呼びに来た。

すっくと立ち上がり、新吾は療治部屋に向かった。

幻宗の姿はなかった。

「いま、厠《かわや》に」

そこでしばらく待っていると、幻宗が戻って来た。

「宇津木どのか。何用か」

幻宗は不審そうにきいた。

「私もおともをさせてください」

「おとも？」

「割下水に行くのではありませんか」

「喧嘩をしに行くわけではない」

幻宗は素っ気なく言う。

「でも、相手は乱暴者」

「ひとりでいい」

「では、門の前までごいっしょさせてください」

しかし、新吾を無視し、

「出かけて来る」

とおしんに言い、幻宗は玄関に向かった。

おしんが救いを求めるような目を新吾に向けた。目顔で頷《うなず》き、新吾はあとを追った。

三

幻宗は達者な足取りで、弥勒寺《みろくじ》橋を渡り、竪川《たてかわ》にかかる二《に》ノ橋《はし》を渡った。五間（約九メートル）ほど後ろを、新吾はついて行く。

なぜ、このようなことに首を突っ込もうとしているのか、自分でもよくわからない。幻宗をひとりで行かせてはならないという思いもあるが、それ以上に、幻宗が本所の狼と呼ばれる連中とどう対峙するのか気になった。

見事な施術、金をとらずに施療院を営む。そして、怪我をした者の恨みを代わって晴らそうとして、単身でならず者のところに乗り込む。医師としては破天荒な幻宗に興味があった。

さらにもうひとつ気になっていることがあった。吉雄権之助からの手紙を読んだときの、幻宗の厳しい顔だ。その表情には微かな戸惑いのようなものが含まれていた。いったい、手紙に何が書かれていたのか。

南割下水《みなみわりげすい》の武家地にやって来た。本所・深川に住む旗本、御家人は無役《むやく》のものが多く、天明《てんめい》（一七八一～一七八九）の頃から堕落が目立ちはじめた。

幻宗は片番所付き長屋門の屋敷の前で立ち止まった。新吾も横に並ぶ。幻宗はちらっと新吾を睨《にら》み付けただけだ。

物見窓は閉まり、門番はいない。幻宗は勝手に潜り木戸を押して中に入った。新吾もあとに続いた。

玄関に入る。

「頼もう」

幻宗は大声を出した。腹の底から轟《とどろ》くような声だ。

口許をひん曲げた頑固そうな四十代半ばぐらいの侍が現れた。用人のようだ。

「友納長四郎どのにお目にかかりたい」

「どなたかな？」

「常磐町で町医者をしている村松幻宗と申す」

「町医者？」

用人は後ろにいる新吾を見た。

「弟子の宇津木新吾です」

新吾は一歩前に出て言う。

幻宗が新吾を睨んだ。

「いま、殿は来客中ゆえ、日を改めてもらおう」

用人は突き放すように言う。

「待たせていただく。そうお伝えくだされ」

幻宗は一歩も引かない。

「どのようなご用件で？」

「昨夜の治療代を頂きに参ったと伝えられよ」

「治療代？」

「さよう。さっさとしなさい」

幻宗が語気を強めると、用人は首をすくめた。そして、及び腰のまま、下がった。

用人が戻って来た。

「こちらへ」

口許を歪めて、招じる。

廊下の突き当たりにある部屋に行くと、床の間の前で脇息《きょうそく》に寄り掛かっている三十代半ばぐらいの色白の武士が盃を持ったまま冷たい笑みを浮かべた。友納長四郎か。その近くに白い着物に白い裁《た》っ着《つ》け袴《ばかま》の男と巫女《みこ》のような女がいた。ほかに、四人の武士がいる。

「私はこれで」

裁っ着け袴の男が言う。

「うむ。ごくろうだった」

裁っ着け袴の男と巫女のような女が部屋を出て行った。

入れ代わるようにして、幻宗は座敷に入った。新吾は廊下に腰を下ろした。

「町医者の幻宗です。この中に、ゆうべ大工の多助を斬った御仁がおありでありましょう。多助は一命をとりとめましたが、その施術にかかった金、薬代、それに多助に対する見舞金を頂戴しに参った」

堂々と言う幻宗に、一同は呆気にとられたようにぽかんとしていた。

「何寝ぼけたことを」

脇息に寄り掛かった友納長四郎が言う。

「言いがかりをつけおって。大工を斬ったものなどおらぬ」

三十前後と思える侍が眦《まなじり》をつり上げた。

「見ていたものがおります」

「見間違いだ」

侍が吐き捨てた。

「いや。見間違いではござらん。本所界隈で、悪行をくり返している本所の狼だとはっきり申しておる」

「なんだと」

他の侍も気色《けしき》ばんだ。

「おや、何をお怒りなさる？」

「なに？」

「本所界隈で、悪行をくり返している本所の狼だと言っただけだ。心当たりがあるということか」

「きさま」

長四郎が口許を歪めた。

「斬られた大工は傷が治るまで仕事も出来ませぬ。そのことを合わせて、ご配慮いただきたい」

「無礼な」

いきなり、近くにいた侍が脇差を抜いて襲いかかった。

新吾が飛び掛かろうとするまでもなく、襲いかかった侍は幻宗に脇差を握った利き腕をつかまれ、身動き出来ずにいた。

いっせいに侍が立ち上がった。新吾は片膝を立てた。

「待て」

長四郎が声を発した。

「ここまでゆすりに来るとはたいしたものだ。幻宗」

脇息から体を起こして、長四郎は幻宗を冷たい目で見た。

「ここから生きて帰れると思っているのか」

「もちろんでござる。帰らねば、治療を待っている患者が困りますから」

幻宗は落ち着きはらっている。

「たいした自信だ」

「ここで騒ぎを起こせば、近隣のお屋敷にも聞こえましょう。そうなれば、皆さまがたは甲府《こうふ》勤番。その覚悟があるとは思えませぬゆえ」

甲府勤番は甲府城の守備に当るために派遣されるが、行ったら最後、二度と江戸に戻れない。問題を起こした旗本・御家人が懲罰的に甲府に送られる。屋敷で、騒ぎを引き起こせば、そのような事態になると、幻宗は威した。

「ふん、くそ度胸だけは一人前だ」

長四郎は口許を歪め、

「斬られた大工は死ななかったのか」

と、きいた。

「手当が早かったので助かりました」

「……」

「さあ、いただくものをいただきとう存じます」

「蘭方医学というのは、それほどのものなのか。よし、わかった。いくらだ?」

意外なことに、長四郎はあっさりきいた。

「施術代や薬代は結構でございます。ただ、仕事に戻れるまで半年近くかかります。そのぶんの手当を月一両として半年ぶん。六両をいただきましょう」

「きさま」

誰かが怒鳴った。

「よし、払ってやろう」

長四郎は手を叩いた。

用人が顔をだすと、六両を持ってくるように命じた。

「六両でございますか」

用人が不満そうに立ち上がった。

「念のために、大工を斬ったのはどなたか、教えていただきたい」

幻宗は居並ぶ五人の侍を見渡した。

「どなたか」

幻宗はもう一度きく。

「そんなことをきいてどうするのだ?」

長四郎が不快そうな表情できく。

「謝っていただきたい」

「なに?」

「怪我を負わせたのだ。謝るのは当たり前ではござらぬか」

侍たちは怒りから体を震わせていた。

用人が懐紙に包んだ金を持って来た。長四郎が目顔で言うと、用人は幻宗の前にそれを置いた。

幻宗は手にして確かめた。

「明日、斬った御方がこれを持って謝罪に来てくれるといいのですが、名乗り出そうもありません。ならば、責任は友納さまにおありでございます。友納さまに明日、私の施療院まで来ていただけますでしょうか」

「無礼だ、幻宗」

長四郎が大声を張り上げた。

「来ていただけませぬか」

「当たり前だ。そんな真似出来るか」

顔の長い侍が吐き捨てるように言う。

「では、どうしても斬った御仁に来ていただくしかありませぬな」

「幻宗。これ以上、我らを愚弄《ぐろう》すると、容赦はせぬぞ」

長四郎が眦をつり上げた。

「武士の沽券《こけん》にかかわるとは言わせませぬ。町人に対して簡単に刀を抜くような武士の矜持《きょうじ》を失った方々に武士の沽券などありませぬ」

「……」

長四郎は口を開きかけたが、言葉にはならなかった。

「よろしいでしょう。これ以上、お願いしても仕方ありませぬ。この金は私から多助の女房に渡しておきます」

幻宗は懐紙の包みを摑んで懐に仕舞った。

「では、失礼いたす」

悠然と立ち上がり、幻宗は玄関に向かった。新吾も一同に頭を下げて幻宗のあとを追ったが、このまま無事にすむとは思えなかった。

屋敷を出てから、新吾はたえず背後を気にした。幸い、追いかけて来る気配はなかったが、まだ油断は出来ない。

幻宗は六両を懐に帰途につく。新吾も並んで歩く。

幻宗には柔術の心得があるようだ。剣の腕もかなりのものに違いない。いったい、幻宗はどのような経歴の持主なのか。

新吾はますます、興味を抱いた。

二ノ橋を渡り、弥勒寺の前に差しかかった。門前の茶店や食べ物屋などは店を閉め、人気はなかった。

地を蹴る足音が迫って来た。

「先生。どうやら、襲いかかってきそうですが」

振り向いて、数人の侍を確認した。座敷にいた侍たちに違いない。やはり、追いかけて来た。

「愚かな連中だ」

幻宗が吐き捨てる。

「どういたしますか」

新吾は背後を気にしながらきいた。

「あちこちで乱暴狼藉を働いている連中だ。この際、懲らしめてやろう」

「では、私が」

「そなたは関係ない」

「いえ、私も施術の手伝いをした身でございます。無関係ではありませぬ」

弥勒寺橋の手前で、たちまち追いついて、

「待て」

と、大柄な侍が前にまわり込んだ。全部で四人いた。

「なにかな」

幻宗は顔色を変えずに言う。

「金を返してもらおう」

「強盗か」

「なに」

「直参ともあろう者が強盗に成り下がったか」

幻宗は蔑《さげす》む。

「許せぬ」

いきなり、大柄な侍が抜き打ちに幻宗に斬りつけた。だが、幻宗は少し体《たい》をかわしただけで、相手の剣を逃れた。が、次の瞬間には相手の手首を摑んでひねった。大柄な体が一回転して地に叩きつけられた。

「おのれ」

他の侍がいっせいに抜刀した。

新吾は幻宗をかばうように前に出た。

「宇津木どの。斬ってはならぬ」

「わかりました」

新吾は抜刀し、剣を峰に返した。

「きさま。邪魔だてするか」

長身の侍が斬り込んできた。新吾はその剣を弾いてから峰で相手の脾腹《ひばら》を打ち、右方から襲いかかった中肉中背の侍の肩を峰で叩き、さらにもうひとりの侍の懐に踏みこんで、胴を打った。

たちまち、三人がのたうちまわった。

「どれ。診せてみろ」

幻宗は倒れている中肉中背の侍のそばに行く。

肩に手をやると、侍がうむっと唸った。

「大事ない。骨は砕けておらぬ」

他のふたりの胴を調べて、

「すぐ痛みは引く。手加減したようだ」

「先生、どうしましょうか。また、仕返しに来るかもしれません」

新吾は気にした。

「いや。そんな恥知らずではあるまい。どうだ？」

幻宗がきいても、侍たちは唸っているだけだった。

「返事がないか」

幻宗は鋭い顔で、

「友納どのに、仕返しなど考えるなと伝えよ。どうせなら、これを機に乱暴狼藉をやめるようにともな」

幻宗は唸っている侍を置き去りにして去って行った。


医院に帰ると、おしんが飛び出して来た。

「よかった」

幻宗と新吾の無事な姿を見て、おしんはほっとしたような顔をした。

部屋に上がってから、幻宗は懐紙の包みをおしんに預けた。

「明日、これを多助の女房に渡してくれ。先方からの詫び料と休業中の手当だとな」

「はい」

「酒の支度をしてくれ。宇津木どの、どうだ？」

「はい。お相伴に与《あずか》らせていただきます」

部屋ではなく、幻宗は濡縁《ぬれえん》に腰を下ろした。

「わしはここで庭を眺めながら呑むのが好きでな」

「はあ」

戸惑いながら、新吾も腰を下ろした。

庭と言っても坪庭程度だ。しかし、柴垣の向こうに空き地があり、木立が葉を繁らせていて風情はあった。

おしんが徳利を持って来た。

「いい。あとはやる」

おしんから徳利を受け取り、幻宗はふたつの湯飲みに酒を注いだ。

「これは酒屋の主人の病気を治したとき、持って来てくれたのだ」

そう言い、幻宗は湯飲みを摑んだ。

新吾も手を伸ばした。

「あの連中、何か仕返しをしてきませんでしょうか」

一口すすってから、新吾は不安を口にした。

「なに、いくら矜持を失ったとしても武士には変わりない。やくざ者のような真似に出るとは思えぬ」

幻宗は端然《たんぜん》という。

「しかし、先生は相手を徹底的にやり込めておりました。現に帰りは襲われました」

「帰りの襲撃は計算のうちだ。あの連中は自分たちには誰も逆らえないと思っている。あのような連中は、こっちが強いところをみせれば案外とおとなしくなるものだ」

「そんなものでしょうか」

「帰りの襲撃に失敗したことで、考え直すであろう」

「先生は武術の心得がおありのようですが」

新吾はきいた。

「若い頃に少々な」

酒を呑み干してから、幻宗が口にした。

「宇津木どのは、シーボルト先生の教示を受けたのか」

幻宗がシーボルトの名前を出したことに一瞬驚いたが、蘭方医なのだからシーボルトに興味を持つのは不思議でもなんでもない。

「はい。吉雄権之助先生の計らいで、シーボルト先生の『鳴滝塾《なるたきじゅく》』に通いました」

シーボルトは、ドイツ南部ヴュルツブルクの名門の家に生まれ、ヴュルツブルグ大学で内科・外科・産科の学位をとり、オランダ陸軍外科少佐に任官。

そのシーボルトが出島《でじま》商館医として長崎にやって来たのは五年前の文政六年（一八二三）七月のことだった。二十七歳である。

シーボルトは『鳴滝塾』を開き、週に一度、出島から塾にやって来て医学講義と診療をはじめた。全国から医学・蘭学者が『鳴滝塾』に集まって来た。

長崎にはいくつかの医学塾があったが、その塾生も週に一度、『鳴滝塾』に行き、シーボルトの講義を受けた。

新吾もそのひとりだった。

「先生はシーボルト先生にお会いしたことはおありですか」

文政九年（一八二六）三月、オランダ商館医シーボルトが将軍拝謁のために、ひと月間ほど江戸に滞在した。その間、江戸の多くの著名な学者や医者などが教えを乞いに訪れている。幻宗も訪れたのではないかと思ったのだ。

しかし、幻宗から返事はない。

新吾はなぜ、シーボルトのことを口にしたのか気になったが、幻宗はそのことを忘れたかのように、さやかな月影に目を細めていた。

「先生」

新吾は呼びかけた。

「先生ほどの御方がどうしてここで施療院をやっているのですか」

「どうして？」

幻宗は不思議そうな目を向けた。

「はい。先生ほどの御方なら御目見医師になることは容易だったと思うのですが、あえてここで施療院をやっているのはどうしてかと思いまして」

「宇津木どのはどうして医者になったのだ？」

「病気や怪我で苦しんでいるひとを助けたいからです」

「御目見医師になり、御番医師となり、果ては奥医師へと栄達を望むのか」

「いえ、そのようなものに興味はありません。ただ、困っているひとの力になりたい。それだけです」

「しかし、親父どのは、どうだ？」

「父は……」

表御番医師上島漠泉の娘香保との縁談により、漠泉の引きを得て御目見医師になろうとしている。

「栄達を望んでいるのであろう」

「私は父と違います」

新吾はむきになっていう。

「さあ、呑みなさい」

　幻宗は酒を勧めた。が、幻宗の湯飲みは空だった。新吾は幻宗の湯飲みに酒を注ごうとした。

「いや、結構だ」

「えっ、いいのですか」

「これ以上呑んだら、急病人がやってきたとき何も出来なくなるのでな」

「急病人？　先生は夜中でも急病人を診るのですか」

「病人に時間など関係ない」

　それから、しばらくしてから、

「さてと、そろそろ休む時間か」

と、幻宗が言う。五つ半（午後九時）近い。

「すみません。このような時間になってしまいました」

「いや」

「先生、もうひとつ、お伺いしてよろしいでしょうか」

「なんだ？」

「あの手紙にはなにが書かれていたのでしょうか」

　新吾は思い切ってきいた。

「手紙?」

「はい。長崎からの手紙です」

「消息を伝えて寄越しただけだ」

幻宗は事も無げに言う。しかし、きのう手紙を読んでいたときの表情は険しかった。何か重大な内容だったのではないか。新吾はそんな気がしていた。

幻宗は立ち上がった。

「気をつけて帰られよ」

「はい」

新吾は幻宗の家を辞した。

高橋に差しかかったとき、背後に走って来る足音をきいた。

新吾は立ち止まって振り返った。幻宗の助手の若い男だ。

「すみません。ちょっとよろしいでしょうか」

「あなたは幻宗先生の……」

「はい。見習い医の棚橋三升《たなはしさんしょう》です」

「私に何か」

「先生は六両を持って来られましたが、先方は素直に出したのでしょうか」

「何か」

「仕返しに来ないかと思いまして。幻宗先生はあのように豪胆な御方ですから、ときには無茶をいたします。ですから、心配で。なにしろ、相手は本所の狼と呼ばれている乱暴者ですから」

「そうですね。先生は仕返しを考えるなと釘を刺していましたが、ほんとうに仕返しがないか私も疑問です」

新吾は正直に言った。

「でも、先生は疑いを持っていないようです」

「新吾さま。お願いがございます」

三升が懇願するように言う。

「なんでしょうか」

「もし、本所の狼が仕返しをするようなことがあれば、お力になっていただけませんか」

「もちろん。力になりましょう。何かあったら、小舟町二丁目の宇津木順庵の家に私を訪ねてください」

「ありがとうございます。ほっとしました」

三升は安心したような表情になった。

ふたりは小名木川の川縁に立っていた。

「三升さんは、どうして幻宗先生のところに？」

「私は駒込片町《こまごめかたまち》にある町医者の伜《せがれ》です。父が幻宗先生のところで修業して来いと言いまして、見習いとして働かせていただいています」

「お父上は幻宗先生をどうしてご存じなのか」

「一昨年、シーボルト先生が江戸にいらっしゃったとき、父も宿泊先の『長崎屋《ながさきや》』を訪ねたそうです。そこで、幻宗先生と知り合いになったそうです」

「そうですか。幻宗先生も、シーボルト先生に会いに行ったのですか」

二年前にシーボルトが江戸にやって来たとき、宿泊先の日本橋本石町《にほんばしほんこく》の『長崎屋』には江戸天文方の高橋景保《たかはしかげやす》、奥医師の桂川甫賢《かつらがわほけん》をはじめ、江戸の蘭方医が次々と訪れ、西洋医術の教えを乞うた。

その中に、幻宗も三升の父親もいたらしい。

「見習い医は三升さんだけ？」

「はい。もう、何人もやめて行きました。長続きしないんです」

「どうして？」

「金です。薬礼をとらないやり方についていけないようです。医術を金儲けの道具としか考えない者には幻宗先生は容赦ありませんから」

「なるほど」

新吾はこの際にきいておこうと思った。

「幻宗先生は患者から薬礼は一切とらず、寄付だけで医院をやっていっているということだが、それでやっていけるのですか」

「いえ。それだけではここを維持出来ません。じつは、陰で支えてくれる御方がいるようです」

三升が声をひそめて言う。

「支援者がいるのですか」

「そうだと思います。困ったときは、そこからお金を出してもらっているようです」

「誰なのですか」

「先生しか知りません」

「そうですか」

どんな人間なのか、気になった。

ある藩の藩医だったそうなので、そのほうの知り合いがいるのかもしれない。

「すみません。お引き止めして」

「何かあったら、すぐ知らせに来てください」

「そのときはお願いいたします」

三升は引き上げて行った。

新吾は帰途を急いだ。

四

家に帰ると、養父と養母が起きて待っていた。ふたりとも険しい顔をしていた。

「遅くなりました」

新吾はふたりに手をついて謝る。

「新吾。こんな時間まで何をしていたのだ?」

「申し訳ございません」

「幻宗のところに行ったのだな?」

順庵は不機嫌そうにきく。

「はい。幻宗先生と少しお話をしてきました」

本所の旗本たちとのいざこざを話す必要はない。

「貧乏人相手の医者と話して何になろう。あの男は、わしらとは違う」

「違う？」

新吾は聞き咎《とが》めた。

「そうだ。我が家は御目見医師になり、さらには御番医師へと栄達する。そなたはそれにふさわしい格式の医者にならねばならぬ。あんな男とつきあう必要はない」

「お言葉ですが、幻宗先生は立派な御方です」

「所詮、貧乏人相手の町医者だ」

「いえ、貧しい人びとを金もとらずに診てやっています。まことに医者の鑑《かがみ》です。私も、あのような医者になりたいと思います」

「な、なにを申すのか。そなたをなんのために五年間も長崎に遊学させたと思っているのだ」

順庵は烈火のごとく怒った。

「よいか。そなたの遊学に莫大な金もかけてきたのだ」

「遊学させていただいたこと、ありがたく思っています。なれど、私は御目見医師になりたいと思っていません」

「新吾、正気か」

順庵は気色ばんだ。

「よいか、御目見医師なれば、患者も増え、儲けも半端ではなくなる。さらに、御番医師ともなれば富と名声が――」

「父上。私が目指すのはそういう医者ではありませぬ」

「新吾どの」

養母のつねが眦をつり上げた。

「そなたは上島さまの香保さまを娶るのです」

「いえ、あの御方と所帯を持つつもりはありません」

「なんということを」

順庵のこめかみが震えた。

「だめだ。許せぬ。もう、上島さまとは話がついておるのだ。いまさら、断りは出来ぬ。いや、断れば、我が家はおしまいだ」

勝手に決めて、あんまりですと、新吾は叫びたかった。

「父上、母上。上島さまからの庇護がなくとも、きっとこの家を守っていきます。私は町医者として、ひとびとのために尽くしていきたいのです。どうぞ、お許しください」

「ならぬ」

いきなり立ち上がり、順庵は睨み据えた。

「よいか。新吾。頭を冷やすのだ」

「父上」

いまは何を言ってもだめだと、新吾はあとの言葉を呑んだ。

「新吾どの。よく考えなさい」

つねも養父を追うように部屋を出て行った。

新吾は大きくため息をついた。


夜が明けた。新吾は庭に出て素振りをくり返した。

自分は間違っているのか。養父母に逆らうことは不忠なのか。逆らわず、御目見医師、御番医師と栄達を望んでいくことこそ、ひとの道なのか。

いや、そうではない。それでは医者として死んだも同然。それが正しい医者のあり方とは思えない。御目見医師、御番医師ともなれば、貧しい人間を診察する機会はなくなる。

そもそも、御目見医師は町医者の中からも優秀な医者が選ばれ、やがて御番医師、奥医師へも道が開ける。優秀な医者が将軍家以下、武士の治療のために城内に集められれば、町中から有能な医者がいなくなってしまう。

医者は将軍家およびその家臣らのためにあるのではない。それこそ、貧しい人びとにこそ優秀な医者が必要なのだ。

黒いもやもやしたものを打ち砕くように、新吾は何度も打ち込んで行く。

朝稽古を終え、新吾は井戸端で上半身裸になって体を拭く。肩や胸の筋肉は盛り上がっている。

さっぱりしてから、台所に行く。女中の給仕で、朝餉をとる。養父母は出て来ない。

「父上と母上は？」

新吾は女中にきく。

「お部屋にいらっしゃいます」

「そうか。ご機嫌斜めであろうな」

「はい」

女中が困惑したように頷いた。

箸を動かす手を休め、新吾は女中にきいた。

「うちは患者が少ないようだが、この近くにも医者がいるのか」

そっちに患者をとられているのだろうか。そうなると、養父の気持ちも理解出来なくはない。御目見医師になれば、患者を取り戻せる。そういう気持ちから焦っているのかもしれない。そう思うと、養父に同情した。

「この界隈ではここだけです」

女中は答えた。

「ここだけ？」

「はい。でも、たいがいのひとは、隣町まで行かれるようです」

「なんと。ひょっとして、そっちは御目見医師か」

「いえ」

「御目見医師ではないのか。すると、この付近の病人は蘭方医ではなく漢方医を選ぶのか」

「そうではありません」

「では、なぜ、うちではなく、そっちに行くのだ？」

「……」

女中は言いよどんでいる。

「いや、すまない。こんなこと、そなたにきくべくことではなかった。許してくれ」

新吾は謝った。

養父の腕が劣っているとは思えない。隣町は名医なのであろう。

「怒らないでくださいますか」

女中がおずおずと言う。

「怒るものか」

「それでは申し上げます」

女中は声をひそめた。

「こちらは薬礼が高いのです。ですから、貧しいひとたちはここには参りません。暮らしに余裕のある患者さんだけが参ります」

新吾は耳を疑った。

「患者を選んでいるのか」

「はい。いつか、惣菜屋に買い物に行ったとき、近所のひとがそんな話をしていました」

とたんに飯が喉を通らなくなった。

新吾が長崎に行く前は、継ぎ接ぎの着物を着たひとたちが溜まり間に何人もいた。

それがいつからか変わってしまったのだ。

上島漠泉と誼を結んでからではないか。

飯を食い終わったあと、養父が羽織《はおり》を着て出て来た。

「出かけてくる。午の刻まで診察を頼んだ」

そう一方的に言い、順庵は玄関に向かった。

新吾は療治部屋に入った。設備は整っており、整頓されていることからも、養父の医師としての腕の確かさを窺い知ることが出来る。なまじ、腕がいいぶん、御目見医師になれないことで鬱屈《うっくつ》したものがあったのかもしれない。

診察のはじまる時間になっても患者は現れない。女中の話が的外れでないことを思い知らされた。

ようやくひとり、商家の隠居ふうの男がやって来た。

「おや。きょうは順庵先生ではないのか」

不思議そうに、新吾を見た。

「はい。あいにく出かけております」

「長崎帰りの若先生に診てもらうのもよいか」

助手の男が診察記録を出した。

胃に出来たしこりがときたま痛むようだ。

「横になっていただけますか」

新吾は隠居を仰向けに寝かせ、腹を手で押して行く。へそのちかくに小さなしこりがあった。

押すと、隠居は痛がった。だが、記録を見ると、以前より小さくなっているようだ。養父の出した薬が効いているのだ。

「だいぶしこりも小さくなっていっています。このまま、薬を服用していけば、じきによくなります」

養父の見立ても措置も、万全だった。

「薬をもらって行ってください。はい、いいですよ」

診察が終わったことを告げると、隠居が懐紙に包んだものを差し出した。

「先生、どうぞ」

「薬礼は向こうで」

「いえ、これは心付けです」

「いや、そんなことなさらなくて結構ですよ」

新吾は押し返す。

「でも」

「いや。完治した暁《あかつき》に頂戴いたします。きょうのところは……」

「先生」

助手が口をはさんだ。

「せっかくですから、お預りしたほうがよろしいですよ」

「まさか」

養父はいつもこうした心付けをもらっているのか。

「私がお預かりしておきます」

助手が手を出した。

新吾は唖然《あぜん》とした。当たり前のように、助手は金を受け取った。

隠居は頭を下げて出て行った。

「いつも心付けを受け取っているのか」

新吾は憤然としてきく。

「はい。やはり、こうして心付けをくださる患者さんの治療は真剣にやりますから」

平然と言い放つ助手に、新吾は呆れ返った。

午の刻まで他に患者が三人来ただけだった。そして、三人とも心付けを置いて行った。

幻宗が、これを見たらどう感じるだろうか。

そのとき、新吾はあっと思った。幻宗は宇津木順庵を知っていた。なぜ、知っていたのか。その理由がわかったような気がした。

こっちのほうから、わざわざ深川の幻宗のところまで通っている患者がいるらしいことは、幻宗の患者から聞いた。

順庵の治療を受けられない貧しい人間が幻宗のところまで行っているのだ。

そういう患者が、順庵先生は金のあるものしか相手にしてくれないからと、幻宗に話しているのだ。それも、ひとりやふたりではないだろう。

だから、幻宗はそなたもそういう医者になるのだろうという目で、新吾を見ていたのかもしれない。

昼前に、順庵が帰って来た。

新吾は出迎え、奥の部屋までついて行く。

「上島漠泉さまのお屋敷に行って来た。明日の夜、おまえは上島さまのお屋敷を訪ねろ。お話があるそうだ」

　順庵が言う。

「行きたくありません」

　新吾は即座に断った。

「なに」

「縁談のことならお断りいたします。いまさら、話がありません」

「新吾。気は確かか。医者としてやっていくには、上島さまの覚えをめでたくしていかねばならぬ」

「なぜでございますか」

「なぜだと？」

　順庵が呆れたような表情をした。

「よいか。場末の町医者で終わっていいのか。ゆくゆくは奥医師となり、宇津木家を繁栄させることこそ、そなたの役目」

　また、同じ言い合いになりそうだったので、言い返すのをぐっと堪えた。

「そのためにも上島さまの庇護を受けねばならぬ。香保どのを娶りさえすれば、そなたの栄達は約束されたようなもの」

「香保どのも私と添うつもりはありませぬ。他に好きな男がおありの様子」

「そのようなものは関係ない。香保どのがそなたに嫁ぐことは、長崎遊学の前から決まっていたことだ」

「長崎遊学の前から決まっていたとは、どういうことでございますか」

新吾は聞き咎めた。

「いや……」

順庵はうろたえた。

「父上。まさか」

新吾は愕然《がくぜん》とした。

「私の長崎遊学は上島さまのお力でかなったのでございますか」

「それは……」

順庵は大きくため息を吐いてから、

「いずれわかることよ。そのとおりだ。遊学を終えて帰って来た暁には、そなたと香保どのをいっしょにさせるという約束で、上島さまが遊学の労をとってくださったのだ。掛かりも上島さまが用立ててくださった」

「そんな」

脳天を殴られたような衝撃を受け、新吾はよろけそうになった。

「上島さまがいなければ、そなたは長崎には行けなかったのだ。そなたにとって、上島さまは恩人だ。恩に報いるには香保どのといっしょになり、まず御目見医師になることだ」

「父上、私は……」

新吾は喘《あえ》いだ。

「もう、よい。ともかく、そなたはわしの言うとおりにすればいいのだ」

順庵は楔《くさび》を打ち込むように言って、新吾の前から離れた。

新吾は飛び出していた。どこをどう歩いたのか、まったく覚えていない。気がついたとき、永代橋を渡っていた。

自分がどこに行こうとしているのか、やっと気づいた。幻宗のところに向かおうとしているのだ。

長崎での暮らしが幻影のように消えかかって行く。

長崎湾の水面に浮かぶ扇形の美しい出島にオランダ屋敷が建っている。

出島はもともとはキリスト教が広まるのを防ぐためにポルトガル人を隔離して居住させるために造った。その後、鎖国令により、オランダ・中国以外の外国人は締め出された。

オランダ人は出島に閉じ込められ、オランダ東インド会社の長崎商館が造られた。

あの美しい出島の風景を毎日のように見てきた自分はいったいなんだったのか。蘭通詞吉雄権之助からオランダ語を学んだことも、医学を学んだことも、上島漠泉の手のひらの上で踊っていただけなのか。

自分の運命が他人の手に委ねられていたことも驚愕すべきことだったが、新吾が許せないのは、順庵の姿勢が医者の本分からまったく外れているからだ。

病人を救うこと。これが医者の使命であり、自分の名声、名誉、財産を得るためにあるのではない。

長崎遊学で、最初に言われたことだ。病んでいるひとを助けたい。その思いから、新吾は医学を学んできた。

富と名誉のために、医術を使うなど、新吾には出来ない。

小名木川を渡り、常磐町二丁目にやって来た。だが、新吾の足は急に重くなった。

幻宗のところに行ってどうするつもりなのか。

幻宗になんというのか。自分は栄達のために医術を使う定めにありますと告げるのか。

新吾は幻宗の施療院の前で立ち止まった。ぼろを着た男が枝を杖代わりに足を引きずりながら施療院に入って行く。

目の前に怪我や病気で苦しんでいるひとがあれば救ってやりたい。そう思うのが医者として当然だ。

だが、順庵や上島漠泉はいまの男を診ようとしないだろう。新吾が診ようとしたら、止めるに違いない。なぜなら、金を持ってないからだ。

新吾は胸をかきむしりたくなった。医者を続けるには順庵の言いなりになるしかないのか。

香保との結婚を断れば、順庵は烈火のごとく怒り、新吾を許さないであろう。そして、勘当するか。いずれにしろ、上島漠泉を裏切ることになり、この先、順庵も医者としてやっていけるかどうか。

使命を忘れた医者になって富と名誉を得るより、目の前にいる傷病人を救う医者になりたい。幻宗こそ、自分の求める医者の姿だ。

だが、自分は養父母を裏切ることになる。それはひとの道に反することだ。しかし、親に孝を尽くすことは医者の使命を捨てることになる。医者たらんとすれば、不孝のそしりは免れない。

新吾は息苦しくなった。

どうすればいいのか。そのとき、ふいに香保の顔が脳裏を掠《かす》めた。

香保には好きな男がいるのだ。だったら、香保から自分との縁談を断らせればいい。

新吾はそう思った。

新吾は急いで踵《きびす》を返した。

第二章　悪疾の男

一

　永代橋を渡り、霊岸島を突っ切って、南八丁堀を経て、新吾は木挽町の上島漠泉の屋敷にやって来た。

　漠泉の広大な屋敷を目の前にし、改めて自分が求めるのはこういう生き方ではないと思った。御番医師になれば、これだけの屋敷を構えられるようになるのだろう。金持ちの患者に一回往診に出かければ何十両、何百両という薬礼がもらえるのだから、富はいくらでも増えていく。

　だが、医者としての本分を見失っているとしか思えない。

　しかし、それは生き方の違いであって、上島漠泉を非難すべきことではないかもしれない。ただ、自分はそんな医者になるつもりはないというだけだ。

大きく深呼吸をしてから、新吾は表玄関とは別の家人用の玄関に入った。

「お願いいたします」

土間に入り、新吾は奥に呼びかけた。

女中が出てきた。先日も出迎えてくれたおはるという女中だ。

「香保どのはいらっしゃいますか」

新吾は幾分気負ってきいた。

「さっき、お出かけになりました」

すまなそうに、女中は答える。

「何時《いつ》ごろ、お戻りか」

新吾は拍子抜けした。

「伺っておりません。たぶん、夕方になると思います」

「どちらに行ったかわからないでしょうね」

「ええ……」

女中になんとなく困惑しているような感があった。どんな用事で出かけたのか、知っているのではないか。

「ひょっとして、男のひとといっしょですね。香保どのから聞いていています。親しくしているという男、なんという名前でしたっけ」

　新吾は鎌をかけた。

「さあ、私は……」

「知っているでしょう。あなたから聞いたとは言いませんから」

「たぶん」

　女中は小首を傾げた。

「誰ですか」

「そのひとかどうかわかりませんが、お嬢さまから、何度か吉弥《きちゃ》という名前を聞いたことがあります」

「吉弥ですか。いつもどこで会っているんでしょうか」

「一度、『梅川《うめかわ》』という料理屋さんの前まで、お供をしたことがあります。そこで、吉弥さんと会うことになっていたようです。でも、きょうはわかりませんけど」

「『梅川』はどこにあるのですか」

「木挽《こびき》橋の近くです」

「ありがとう」

新吾は外に出てから三十間堀《さんじっけん》に沿って木挽橋のほうに歩きだした。いまは、吉弥という男が救いの神のような気がした。

ふたりの結び付きが強ければ、香保は吉弥と別れようとはしまい。あの気性なら、父親の言いなりになるようなことはないだろう。そのことに賭けたいと思った。

堀の両側に船宿が並び、料理屋の看板も見える。

木挽橋までやって来た。その向こう側に『梅川』の軒行灯が見えた。新吾は黒板塀の『梅川』の門前に立った。

敷石が玄関まで続いている。新吾は迷った。香保が来ているかどうかわからない。頭に血が上ってここまでやって来てしまったが、仮に香保が来ていて、吉弥がいっしょだったとしても、そんなところに血相を変えて乗り込んだら軽蔑されるだけだ。あの高慢ちきな香保に蔑まれるのも癪《しゃく》だ。

新吾は塀沿いに歩いた。料理屋の二階が見える。新吾は立ち止まって見上げた。見越しの松の向こうに見えるのは廊下の手摺りと障子だけだ。だが、そこから賑やかな笑い声が聞こえた。

その笑い声が香保の声のような気がした。といっても、香保の笑い声を聞いたことはない。だが、甲高く、尊大で傍若無人《ぼうじゃくぶじん》な感じの笑い声が香保のように思えてならなかった。

どうやら、吉弥とふたりきりではないようだ。取り巻きがいるのだろう。

香保はかなり遊んでいるようだ。あれだけの器量で、御番医師上島漠泉の娘ということもあり、周囲も香保をちやほやしているのに違いない。

吉弥だけなら、ふたりの前に出て行き、相談を持ちかけることも出来ようが、何人かいるのではそれも出来ない。

香保が出て来るのを待ったとしても、他の者といっしょだ。話し合いは出来そうにもない。

やはり、きょうは諦めて引き上げるしかない。そう思った。

二階の手摺りに身を寄せるように、香保らしき女が立った。松の枝が視界を遮って、顔が隠れている。

女の姿はすぐに消えた。香保だったかどうかわからない。

大きくため息をついて、新吾は虚しく引き上げた。それほど歩かないうちに、後ろから追いかけて来る足音を聞いた。

「お侍さま」

立ち止まって振り返る。『梅川』の半纏《はんてん》を着た男が駆け寄って来た。

「新吾さまでいらっしゃいますか」

「さよう」

名を呼ばれたことを訝《いぶか》しく思いながら、新吾は若い衆の言葉を待った。

「香保さまがお呼びにございます」

「なに、香保どのが?」

されば、やはりさっきの影は香保だったのかと、新吾は『梅川』戻った。

女中に案内されて、新吾は二階の座敷に行った。

数人の若い男女が入り乱れて酒宴を開いていた。商家の若旦那ふうの男もいれば、総髪の絵師のような雰囲気の男もいる。女はみな芸者のようだ。

床の間の前で、香保が端然と座っていた。

「新吾さま、ようこそいらっしゃいました」

香保が声を張り上げた。かなり酔っているようだ。

「厠の帰りに偶然外を見たら、新吾さまが見えました。私を捜しに来たのではありませんか」

「そうです。でも、仲間の方といっしょのようでしたから、出直そうと思ったのです」

　素直に言う。

「あら、構わないのよ」

「いつもこんなことをしているのですか」

　新吾は眉根を寄せた。

「そう。この者たちは私の仲間」

　男たちがにやにやしながら会釈をした。

「新吾さまもいっしょにいかが？」

　香保が誘う。

「いえ、結構。あなたにお話があって来たのですが、話の出来る雰囲気ではありませんね。また、後日、話しましょう」

「待って」

　香保が立ち上がって来た。少し、よろけた。やはり、酔っている。

　香保は廊下まで追って来た。

「私、酔ってなんかいないわ。話を聞きましょう」

「いえ、後日」

「だいじょうぶよ」

香保は目を見開いてしゃきっとして見せた。

「ほら、ね」

香保は笑った。

「どうかな。でも、いいでしょう。吉弥というのは？」

新吾は小声できく。

「まあ、おはるね。お喋り」

香保は苦笑した。

「いや。私が無理やり聞き出したのだ」

「あそこにいるわ」

香保は芸者といちゃついている色白の男に目をやった。役者のような優男《やさおとこ》だ。

「それがなに？」

「香保どのは吉弥が好きなのでしょう？」

「変なことをおききになるのね」

香保は不思議そうに言う。

「どうなんですか？」

「そうよ。大好きよ。気が合うわ」

あっさり、香保は言う。

「いっしょになりたいのではないですか」

「いっしょに……？」

香保は小首を傾げた。

「そうだ。やはり、好きな男といっしょになるのが一番ではないか」

「そうね」

「だったら、なればいい。私は栄達を望んでいない。だから、私の父や香保どののお父上の期待に応えられない。香保どのも吉弥とやらといっしょになりたいのなら、私との縁談をともに壊そうではありませんか」

新吾は説き伏せるように言う。

「新吾さまには好きな女子が？」

香保がじっと新吾を見つめる。

「そんなものがいるはずはないでしょう」

即座に否定する。

「そうかしら。ほんとうは長崎から連れてきたい女子がいるのではないのですか」

香保はまたいたずらっぽい目を向けた。

「長崎へは遊びに行っていたのではありません?」

「でも、たまには破目《はめ》をはずして」

「いや、ない」

丸山遊廓《まるやまゆうかく》にも何度か連れて行かれたことがある。約五十軒の遊廓に七百人以上の遊女がいた。だが、そのようなことを香保に言う必要はない。

「私はあなたのように……。いや、なんでもない」

新吾はあとの言葉を喉の奥に呑み込んだ。

「私のように、なんです?」

香保はいたずらっぽい目を向け、

「遊び耽《ふけ》っている女と違うと? それとも、吉弥という者がありながら親の勧める結婚に唯々《いい》諾々《だくだく》として従う人間とは違うと仰《おっしゃ》りたいのかしら」

「……」

「よくてよ。新吾さまが私を嫌っておいでなら仕方ありませんもの。この縁談を壊すようにいたしましょう」

香保はあっさり請け合った。

「ほんとうですか」

「ええ」

「助かります」

「よほど、私のことが嫌いなのね」

香保が苦笑していう。

「違う。これだけは言っておきますが、香保どのが嫌いだから断るというのではありません。あなたと結婚すれば、漠泉さまの言いなりに栄達の道を進むことになる。そういう生き方がいやなのです。私は、医師として傷病人を救うということを第一に務めたいと思っています」

新吾はむきになった。

「栄達を望まないなんて、変な御方」

香保は皮肉そうに言う。

「吉弥どのはどうなのですか？　あの者も栄達を望んでいるような人間には思えないが」

吉弥が役者だとしても、どこか軽薄そうな感じは否めない。

「そうね。富や名声なんて、その人間の魅力とは関係ないですものね」

香保は頷く。

「不思議だ」

新吾は意外そうに言う。

「あら、何が？」

「あなたが富と名声を重んじていないことがです」

「どうしてですか。私が上島漠泉の娘だからですか」

「ええ」

「あなたはどんなお医者さまになるの。もう少し、慎重に患者さんを診なくては見立て違いをしてしまいますよ」

「見立て違い？」

「ええ、ことに女の患者さんには注意をなさい。あなたさまは女のことがあまりおわかりにならないようだから」

「いい加減なことを言わないでください」

新吾はからかわれてかっとなった。

「あら、何がいい加減なの」

香保は言い返してきた。

「ただの悪口でしかない」

「そうかしら。もし、私が新吾さまの患者ならどうかしら」

「どういうことだ」

その返事をきく前に、

「香保さま」

と、芸者が呼びに来た。吉弥といっしょにいた芸者だ。凛とした姿に、まだ幼さの残る顔だちだった。二十歳前かもしれない。

「あら、どうしたの？」

「香保さまが戻って来ないので、みんなどうしたのかって騒いでいますわ」

「そう」

香保は華やかに微笑んで、

「いますぐ行きます。そう言って」

「はい」

芸者は戻って行った。

「今のお話、わかりました。私があなたと結婚したくないと、父上に言えばいいのでしょう」

「ええ」

あまりにあっさり言うので、かえって香保のことが心配になった。

「でも、ただ、あなたがまずいことになるのは本意ではありません」

「まずいことって？」

「お父上があなたと吉弥という男との結婚を許すはずないでしょう」

「あら、心配してくださるの？」

香保はにこりと笑った。

「あなたが吉弥という男と結婚することで、私との結婚が壊れればいいが……」

「だいじょうぶよ。私は誰とも結婚しないから」

「いや。お父上は新たな男を見つけて来て、あなたを嫁がせようとするかもしれない。それは困ります」

「あら、どうして？　あなたにはよい結果になるならよろしいんでしょう」

「いや、自分だけよければいいというものではありません」

「へんな御方」

香保が笑った。

「よし、こうしましょう。さっきの話、まだ切り出さないでください。時機を見計らい、同時に言いましょう」

「なぜ？」

「お互いによい形で決着をつけたいからです。この話はまた改めて」

「そう。わかりました。新吾さまにお任せしますわ。じゃあ、呼んでいますので」

そう言い、香保は座敷に戻って行った。

新吾は『梅川』を出て、帰路についた。

香保が言っていた見立て違いという言葉が気になった。香保も富と名声を欲していると思ったことを指しているのか。

香保は栄達を望む男しか相手にしない女かと思っていた。だが、吉弥というのは役者だ。栄達を望んでいるような男に見えない。

香保は案外と自分と同じ気質の人間なのかもしれないと、新吾は思った。人間の価値を貧富や貴賤などで決めつけない。

香保と吉弥がお互いに好き合っているなら、まずふたりの仲がうまくいくようにしてやろう。それが、結果的に上島漠泉と順庵の束縛から新吾が解き放たれることになるのだ。

そうすべきだと、新吾は自分に言い聞かせた。明日の夜、順庵の意を受けて、上島漠泉を訪ねてみようと思った。

二

翌日の夜、新吾は順庵の言うがままに、ひとりで上島漠泉の屋敷を訪れた。

女中のおはるの案内で、庭に面した部屋に通された。石灯籠《いしどうろう》に灯が入って、庭が美しく浮かび上がっていた。

香保がすました顔で茶を運んで来た。湯飲みを置き、辞儀をして顔を上げたとき、香保が含み笑いを浮かべた。

何か言おうとしたが、すでに香保は立ち上がっていた。

まったく何を考えているのかわからない女だと、新吾は呆れる思いだった。

茶を飲んで待っていると、漠泉がやって来た。相変わらず、自信に満ちた顔つきだ。

「新吾どの。わざわざ、御足労であった」

「いえ」

新吾は頭を下げてから、

「私にお話があるとのことでございますが」

と、漢泉の顔を窺った。

話の内容はわかっている。香保との縁組のことであろう。この際、栄達のために結婚をするつもりはないと、きっぱりと言うつもりだった。

「うむ。新吾どのは村松幻宗と親しいようだな」

幻宗の話を持ちだしたので、おやっと思った。順庵が話したのに違いない。

「はい。貧しいひとのために尽くしている姿がとても崇高《すうこう》に思えます」

「なるほど」

漢泉はにこやかに応じ、

「薬礼をとらないそうだな」

「はい。金持ちも貧しい者も区別なく、薬礼をとっていないそうです」

「それで、よくやっていけると、不思議に思わぬか」

「陰で、支援するひとがいるような話を聞きました」

助手の三升から聞いたのだ。

「支援する人間とは誰か知っているのかね」

「いえ、知りません。たぶん、幻宗先生しか知らないのではないかと思います」

「じつは、ある噂がある」

漠泉が口許を歪めた。

「噂ですか」

「さよう。あくまでも噂だ」

漠泉は意味ありげに言う。

「どのような噂でしょうか」

「陰で金を出している人間は好きで出しているのではないということだ」

「えっ、どういうことでございますか」

「幻宗はある人間の弱みを握って、恐喝しているらしい」

「まさか」

新吾は一笑に付した。

「何もなくて金を出す奇特な人間がいると思うか」

「でも……」

新吾は反論する。

「幻宗先生がひとを恐喝しているなんて嘘に決まっています。ためにしようとする何者かの言葉に違いありません」

「貧しいものも医者にかかることが出来る。金がなくとも命が助かる。確かに、傷病人を金もとらず救ってやるのは素晴らしいことだ。しかし、どんなに崇高な行いも金がなければ叶わぬ。だから、幻宗はその金を何らかの手立てにて得ておるのだ」

漠泉は新吾を睨み据えて続ける。

「幻宗の陰には素封家《そほうか》がいるのは間違いない。だが、篤志家《とくしか》ではない。篤志家なら、幻宗だけにそのような真似はせぬ。もっと幅広く、慈善事業を行うだろう。なぜ、幻宗にだけ金を出すのだ」

「それは……」

「貧しい病人のためなら小石川《こいしかわ》養生所がある。入所者は薬礼はいらん。食費とてかからない。ご公儀により町奉行所が管轄しておるから、それが可能なのだ。ひとりの人間がやるには限界がある。なぜ、幻宗は小石川養生所で働こうとしないのだ」

漠泉は正論を吐いているような気がした。だが、新吾は反撥する。

「小石川養生所の医師は幕府の寄合医師か小普請医師のうちから選ばれると聞きましたが……」

「それだけの情熱があれば、養生所の医師になる方法はあろう」

ふと、漠泉は口調を変えた。

「幻宗は以前は何をしていたか知っているか」

「ある藩の藩医だったそうにございますが」

「そうだ。松江藩の藩医の家に生まれ、その才を認められて長崎へ遊学に出た。遊学を終えたあと、松江藩の江戸屋敷に住んだ。だが、七年前、突如、藩医をやめている」

漠泉は顔をぐっと突き出した。

「なぜ、やめたと思う？」

「わかりません」

「七年前、藩主が病死している。幻宗が誤診したということだ」

「誤診？」

「そうだ。松江藩の御留守居役から聞いた話だから偽りはない。その後、姿を晦《くら》まし、一昨年から深川で町医者になった。藩医をやめてから町医者になるまでの間、どこで何をしていたかは不明だ」

「なぜ、そのようなお話を？」

「そなたが、本性を知らぬまま、幻宗に傾倒しているらしいのでな。幻想を抱いていたら、あとで傷つくのはそなただからな」

漠泉は幻宗を貶《おとし》めようとしているのだと思ったが、確かに、支援者のことは不可解だ。なんのために金を出しているのか。素封家が幻宗のために金をだしているというより、幻宗が金を出させていると考えた方が納得しやすい。

新吾の心を惑わしているのは、幻宗が友納長四郎から多助のために六両を出させたことだ。あのように、何らかの仕掛けで素封家を威し、施療に必要な金を引き出させている。そう考えることも出来る。

「仮に、素封家から金を出させていたとしても、幻宗先生はその金を自分のために使ってはおりませぬ。みな、傷病人を助けるために使っているのです」

なお、幻宗の肩を持つように言う。

「今はな」

「今は？」

新吾に不安が芽生えた。

「よく考えてみよ。誤診で、藩主を殺してしまった医者が再起するにはどうしたらよいのか。傷病人をただで治す。そういう評判はやがて江戸中に広まり、いつかご公儀の耳にも入り、御目見医師として認められよう」

ばかな、と新吾は内心で叫んだ。幻宗先生はそんな御方ではない。

「新吾どの。私が何を言いたいのかわかるか。医術には金がかかるのだ。医師として栄達し、富を得ることは決して医者としての本分を見失っているからではない。確かに、中にはそのような医者もいることは否定できまい。だが、その富でもって患者に優れた治療を施すのがどうして医者の道に外れることであろうか」

漠泉は諭《さと》すように、

「よいか、新吾どの。そなたが御目見医師、御番医師、さらには奥医師へと栄達し、そして富を得ることは、広い目でみれば患者のためでもある。新吾どのはまだ若いから傷病人だけを治すことに目が向こうが、いずれは後進を育てる役目も負わねばならぬのだ。やはり、それにも金がいる。富を得ることは決して悪いことではない。問題は、その使い道であろう。そう思わぬか」

新吾は老獪《ろうかい》な漠泉の前では赤子も同然だった。

何の反論も出来ずにいた。

「まあ、堅苦しい話はここまでにして、どうだ、酒でも呑むか」

漠泉が表情を和らげた。

「ありがとうございます。ですが、今宵はこれで。ひとりで少し考えてみたいのです」

「そうか」

漠泉は勝ち誇ったように微笑み、

「では、後日。そなたと呑もう。よいな」

「はい。畏《かしこ》まりました」

新吾は低頭した。

漠泉が手を叩くと、すぐに香保がやって来た。

「新吾どのがお帰りだそうだ。お見送りをするのだ」

「はい。畏まりました」

香保は辞儀をして、

「新吾さま。どうぞ」

と、案内に立った。

「どうかなさいましたか」

廊下で、香保がきいた。

「えっ?」

「とても考え込んでいらっしゃるようですので。婚約破棄のこと、お話しなさったのですか」

「いや。そのような話ではありません」

「そうですか。私のほうから折をみて、話しておきます」

「いや、あなたに迷惑はかけられない」

「やはり、へんですよ」

香保は怪訝そうに言う。

「父にうまく言いくるめられたのかしら」

「……」

「新吾さま。生意気言うようですが、ひとの言に惑わされてはだめですよ。ご自分の目で確かめてご判断ください。医者にとって見立て違いはあってはならないことですものね」

またも、見立て違い、と香保は言った。その言葉は新吾の胸に突き刺さる。ひとを見る目に通じる。

幻宗に対して、自分は間違った見方をしているのか。それとも、漠泉に悪意があるのか。しかし、香保の言うとおりだ。これは自分の目で確かめなければならないことだ。

香保に見送られ、新吾は小舟町の家に帰って来た。五つ（午後八時）前だったので、

順庵は驚いて、

「ずいぶん、早かったではないか。何かあったのか」

と、表情を強張《こわば》らせた。

「今宵は漠泉さまのお話をお伺いして来ただけです。後日、またお招きがあるそうです」

「そうか。それならよいが」

順庵は安心したように言う。

「夕餉《ゆうげ》は？」

「まだです」

「じゃあ、すぐに支度をさせよう」

「すみません」

女中の給仕で、夕餉をすましたとき、玄関にひとの声が聞こえた。

女中が立ち上がって出て行った。

茶を飲んでいると、

「新吾さま」

と、女中が声をかけた。

「私に？」

「はい。三升さまと仰いました」

「三升？」

しばし間があったが、幻宗の弟子の三升だとはたと気がついた。幻宗に何かあったのかと思い、すぐに玄関に出て行った。

「三升さん、どうかしましたか」

やはり、幻宗の弟子だった。

「新吾さま。じつは、先生が半刻（一時間）前に友納長四郎の屋敷に招かれて出かけたんです」

「なんですって」

「先日の詫びをしたいので、ぜひお出で願いたいという使いがやって来たんです。引き止めたのですが」

三升は心配そうな顔をして、

「まさか、誘《おび》き出して、この前の仕返しをしようとしているんじゃないでしょうか」

「わかりました。ともかく、行きましょう」

「すみません」

新吾は部屋にとって返し、刀を摑んで、順庵が引き止めるのを無視して屋敷を飛び出した。

ひと通りの途絶えた夜道をひた走り、永代橋を渡った。

小名木川に沿って走り、高橋を渡り、常磐町二丁目に入った。幻宗の家に辿《たど》り着くと、武士が立っていた。本所の狼の仲間で、先日の襲撃者の中のひとりだ。

「ここで何を?」

新吾は問いつめるようにきいた。

「あっ、新吾さま。三升さんも。よかった」

おしんが出て来た。

「どうしました?」

新吾はきく。

「先生から手紙で、すぐに手術道具と薬を持ってこちらのお侍さまとごいっしょにとのことでした」

「友納長四郎さまのご子息長一郎《ちょういちろう》さまが腹痛で苦しんでいるのだ」

武士が強張った声で言う。

新吾は手紙を見た。驚いたのは薬の名前だ。新吾の知らない名前があった。

「ともかく、行きましょう」

三升は百味簞笥《ひゃくみだんす》から指定の薬を取り出してきた。

薬と手術道具を手分けして持って、新吾は三升とともに本所割下水に向かった。

どういうことなのかわからないまま、友納長四郎の屋敷に着いた。

病人の座敷に行くと、ふとんに十五、六歳の男が仰向けになっていた。長一郎か。

四方に行灯が置かれていた。

「先生、遅くなりました」

三升が道具を幻宗のそばに置いた。

「盲腸だ。腹を切る」

「先生。お手伝いをさせてください」

「うむ」

新吾は刀を外し、たすき掛けをし、手を洗った。

長四郎は別間で端然と座っていた。悲鳴が轟くのをどんな思いで聞いているのだろうか。三升が行灯を近づける。

薬を呑ませ、それから腹を消毒をした。他の武士が四人掛かりで両肩、両手、両足を押さえる。

新吾は針に糸を通して、幻宗の脇に控えた。

幻宗の鮮やかな手の動きに、新吾はきょうも目を奪われた。開腹し、腹部に手を突っ込み、的確に患部を探り当てた。

明和《めいわ》八年（一七七一）に千住小塚原《せんじゅこづかはら》で女囚の人体解剖が行われ、前野良沢、杉田玄白らが見学し、それがきっかけでふたりが中心になって蘭語訳の解剖書『ターヘル・アナトミア』の翻訳にとりかかった。そして、三年後に翻訳書の『解体新書』を発行した。五十年以上も前のことである。

幻宗は盲腸を切り取り、慎重に縫い合わせる。新吾は幻宗の額の汗を拭く。患者の息は荒い。一刻以上経った。

幻宗は最後に傷口を消毒した。

新吾はふと、幻宗はシーボルトの教えをうけたのに違いないと思った。施術だけでなく、薬学についてもそう思った。しかし、シーボルトが簡単に教えてくれるとは思えない。シーボルトは何か交換条件を出すと聞いたことがある。幻宗は何かを差し出したのだろうか。

「あとを頼む」

三升に言い、幻宗は部屋を出た。

幻宗はぐったりしたように濡縁に出た。深夜の庭に、桜の花がひとひら舞った。

「先生、お疲れさまでした」

新吾は声をかけた。

「ああ」

幻宗は短く応じただけだ。

精も根もつき果てている。いかに、危険な状態だったかわかる。

「幻宗どの」

長四郎がやって来た。

「ご安心ください。無事、施術は終わりました」

新吾が言う。

「あと十日ほどはこのままに安静を保たねばならぬ」

幻宗は喘ぐように言う。

「かたじけない。このとおりだ」

長四郎が頭を下げた。本所の狼の親玉だった面影は微塵《みじん》もない。

「礼には及ばぬ。医者は病気を治すのが役目」

「なれど、わしを憎んでいるであろうに……。よく来てくださった」

新吾はそのことも不思議だった。三升の話では、先日の詫びがしたいからという誘いに、幻宗は出かけて行った。幻宗の性格なら、詫びなどいらぬと突っぱねるのではないか。

「先生。私も知りとうございます。どうして、先生は詫びがしたいという誘いに乗ったのですか。もしかしたら、何かの罠《わな》だとは思わなかったのですか」

長四郎の前だったが、新吾はあえてきいた。

「医者だからだ」

幻宗はそう答えたが、新吾は理解出来ない。

「どういうことでしょうか」

なおもきいた。

「幻宗どの。わしも知りたい。なぜ、わしが意趣返しをすると疑わなかったのか」

長四郎も身を乗り出した。

「私が多助のことで掛け合いに来たとき、友納どのは六両を素直にお出しになった。あまりにもあっさりお出しになった。なぜかと、あとで考えた。さらに、帰り、私を襲わせた。私にはこの新吾どのもついている。襲わせても、私たちをやっつけることなど無理だとわかっていたはず。なのに、襲わせた」

「……」

幻宗が何を言おうとしているのか、新吾はわからなかった。

「そして、友納どのが詫びを入れたいと誘って来た。罠をかけるためではなく、別の目的だと最初からわかっていた。それは、この屋敷にやって来たとき、漢方薬の匂いがしていたのを思いだしたからだ」

「漢方薬?」

「座敷での酒宴の席に、祈禱師《きとうし》のような男女がいた。祈禱が終わったあとの慰労をしているのだとわかった。漢方薬と祈禱師。重病人がいるらしい。だが、友納どのはそのことを口にしなかった。いや、出来なかったのであろう。掛かりつけの医者のために」

「そこまでお見通しであったか」

長四郎は嘆息して、

「我が伜は腹痛を起こし、上役の世話で名のある医者に診てもらった。漢方医だ。薬の投与を続けていたが、日増しに容体は悪くなった。祈禱師まで呼んだが、医者は手に負えないと言い出した。死を待つだけだ。わしは自棄《やけ》になって町に繰り出しやりきれない気持ちを発散させていた。そんなとき、仲間のひとりが酔った勢いから多助という男を斬った。本人は本気で斬る気はなかったのだ。ただ威すつもりで刀を振りまわして斬ってしまった」

長四郎はやりきれないように続けた。

「幻宗どのがここに乗り込んで来て、多助が働けない間の暮らしの償いを求めた。多助の命が助かったのだと、そのときわかった。あれだけの傷なのに、命を助けた。この男なら伜を助けてくれるかもしれない。そう思った。幻宗どのが引き上げたあと、仲間にあとを追わせたのは、つながりを持っておきたかったからだ。漢方医の手前、すぐに診てもらうわけにはいかなかった。そして、迷った末に、あのような形で幻宗どのを招き、病人を診てもらおうとした。幻宗どのが見放すようなら、わしも諦めるつもりだった」

なぜ、そのようなまわりくどいことを、と新吾は呆れた。それだけ、漢方医に逆らうことは出来にくかったということか。

長四郎の妻女が出て来た。

「幻宗先生、ほんとうにありがとうございました。長一郎はいま、静かに休んでおります。なんとお礼を申してよいやら」

「いえ、当然のことをしたまで。それに、長一郎どのの強い生命力の賜物《たまもの》」

幻宗の口からは得意気な言葉は出ない。

「私が朝まで様子を見ておりますので、どうぞお休みください」

幻宗はふたりに言う。

「かたじけない。この部屋を使っていただいて構わん」

長四郎はそう言い、妻女を伴い下がった。

「先生、お疲れではありませんか。患者は私が見守っておりますから、先生はお休みください」

新吾は幻宗の体を心配する。

「だいじょうぶだ。新吾どのこそ休まれよ」

「いえ、目が冴《さ》えて、眠れそうにもありませんから」

そこに三升がやって来た。

「脈も問題ありません。落ち着いています」

「うむ」

「では、私は患者のところにおります」

「あとで代わる」

幻宗が声をかけた。

いわば仇と思えるような相手に対しても全力で治療に当たる幻宗の医者としての姿勢に、新吾は心を打たれるものがあった。

そんな幻宗がなぜ、松江藩の藩医をやめなければならなかったのか。そのことを思いだした。

上島漠泉は、幻宗が誤診をしたため藩主を死なせてしまったと言っていた。その話はほんとうなのか、知りたいと思った。

「先生、お訊ねしてよろしいでしょうか」

新吾は切り出した。

「先生は、松江藩の藩医だったとお聞きしました。そこを、どうしておやめになったのですか」

「昔のことだ」

幻宗は不機嫌そうに呟《つぶや》いた。

思いだしたくないことだからか、それともそのような質問が不快なのか。どちらかわからないが、それ以上の質問が許されないような雰囲気だ。

支援者のこともついでに訊ねたかったが、訊ねても答えてくれないだろう。

上島漠泉が言うように篤志家ではない。篤志家なら、前面に顔を出さずとも、三升やおしんに名を隠す必要はない。

やはり、素封家を威して金を出させているのだろうか。そのことをはっきりさせたいと思ったのだが――。

夜が明けてきた。長一郎の容体は安定していて、穏やかな寝息を立てていた。

「あれほど苦しがっていたのに、嘘のようでございます」

妻女がうれしそうに言う。

「我らはこれで引き上げます。日に何度か診に参りますが、きょう一日、この者を付き添わせますのでご安心を」

幻宗は言い、三升を残して玄関に向かった。

新吾が幻宗に従って玄関を出ると、例の本所の狼たちが一列に並んでいた。

一同が頭を下げる前を、幻宗と新吾は門に向かった。

三

朝焼けの中、新吾は幻宗とともに常磐町の施療院に帰って来た。納豆や豆腐、あさりにしじみなど、棒手振《ぼてふ》りの売り声が聞こえる。

「お帰りなさい」

おしんが出迎えた。

「わしは一刻ほど休む。五つ（午前八時）を過ぎたころ、起こすように」

幻宗がおしんに告げ、寝間に向かった。

「先生は結局、一睡もされなかった」

あのあと、三升を寝かせ、幻宗は患者につきっきりになった。

「新吾さまも寝ていらっしゃらないのですか」

「いえ、私は少し眠りました」

「そうですか。でも、ご無事にお済みになってよかったです」

「幻宗先生は結果について何もお話しになっていませんよね。どうして、無事に済んだと思うのですか」

新吾は不思議に思ってきいた。

「先生のお顔を見ればわかります。それに、先生がお休みになられるのはうまくいったからなんです。そうじゃなければ、休むなんて言いません。いえ、それより、先生が治療すれば必ず病気は治るはずですから」

幻宗のことを信じきっている様子だった。

「そうですね。幻宗先生に任せておけば安心ですね」

「ええ」

「ところで、多助さんのほうはどうですか」

「はい。もう、お話しを出来るようになりました。先生が仕事が出来なくなる間の暮らしの金を取り立ててくれたと知って泣いていました」

「そうですか。よかった」

「はい」

おしんは玄関前の掃除をはじめた。

が、しばらくして、おしんが強張った顔つきで玄関に入って来た。

「どうしました？」

「また、怪しい男がこっちを見てました」

「怪しい男？」

「はい。頬がこけて、目付きの鋭い遊び人ふうの男です、最近、ちょくちょく見掛けます。薄気味悪くて」

新吾は玄関を出た。

辺りを見回したが、おしんの言うような怪しい男は見当たらなかった。念のために、周辺を歩き回ってから、施療院に戻った。

「いまはいませんでした」

新吾は首を横に振る。

「そうですか。でも、絶対にここを見張っていました。いったい、なにをしているんでしょうか」

おしんが眉根を寄せて言う。

「今後、私も気をつけています」

新吾はそう言ってから、

「三升さんがいなくて困るでしょう」

なにしろ、人手が足りないのだ。

「ええ。でも、患者さんがお手伝いしてくれますので」

「患者さんが?」

「はい。元気になった患者さんが手伝ってくれるのです。薬礼がただのせいか、引き受けてくれるひとはたくさんいます。治療だけでなく、掃除や洗濯、それに食事の支度だってしてくれるんですよ」

「そうなんですか」

新吾は驚いた。患者もいっしょになって施療院を盛り立てているのだ。そう思うにつれ、ますます支援者のことが気になった。

「おしんさん。つかぬことをおききしますが、幻宗先生の支援者がどういうひとかご存じですか」

「いえ。知りません」

おしんは首を横に振る。

「支援者がここに顔を出すことはないのですか」

「はい、一度も」

「では、幻宗先生が支援者に会いに行っているんでしょうか」

「そんな様子もありません。先生がお出かけするのは往診のときぐらいですから」

「往診?」

まさか往診先に支援者がいるのだろうか。

しつこく訊ねて不審をもたれてもいけないので、新吾はこの話はそこまでにして、

「では、私はいったん家に帰り、また夕方に出なおします」

新吾は幻宗の家を出て小名木川に差しかかった。ふと、高橋の袂《たもと》に、遊び人ふうの男が立っているのが目に入った。

頬がこけ、目付きの鋭い男だ。おしんが見かけた男に特徴が似ていた。新吾は気になりながら、高橋を渡った。


新吾は小舟町の家に帰って来た。

さぞかし順庵は怒っているだろうと思ったが、案に相違して新吾の顔を見ても何も言わなかった。

思うに、ゆうべ、漠泉からの使いが来て、新吾との話し合いの内容を伝えたのかもしれない。そのことで、時間が経てば、新吾が折れると考えたのではないか。時期が来るまで待て。そういう考えに変わったのかもしれない。

いまは様子見ということになったのか。しかし、自分の考えが変わることはないと、新吾は思った。

少し休んでから、順庵の療治を手伝ったが、患者の数はほどほどだ。だが、いずれも富裕な男女のようだ。ここにいる患者と幻宗のところの患者とではまったく階層が違うようだ。

違うといえば、薬だ。幻宗は独自の薬の調合をしているのだろうか。

わが国では享保《きょうほ》年間から本草学者《ほんぞうがくしゃ》により各地で採薬がはじまり、和薬改会所《わやくあらためかいしょ》を開設することによって薬用植物が民間でも栽培出来るようになった。

この時期に本草学が発展し、さらにオランダ薬学書が入って来て、薬学は大いに発展してきた。

その中でも、幻宗の持つ薬は先端を行っているように思えてならない。だとしたら、薬草などを仕入れる費用とてばかにならないだろう。支援者の金に頼らざるを得ないはずだ。

夕方になって、早めに夕餉をとり、新吾はまた幻宗のところに向かった。永代橋を渡り、小名木川に出て、高橋を渡る。きょうはいつもの道ではなく、娼家の並ぶ通りから幻宗のところに向かった。

暗くなって、娼家の軒行灯に明かりが灯っている。『叶屋』という娼家の前に、先日の女が立っていた。確か、おはつという名だった。

おはつが声をかけてきた。

「この前のお侍さん」

「ああ、おはつさんだったな」

新吾は微笑み返す。

「あら、名前を覚えていてくれたんですね」

「うむ。すまぬ。きょうは用事がある。またいずれ」

「いいわ。名前を覚えていてくれたんですもの」

おはつから離れ、幻宗の施療院に近づく。すぐに中に入らず、念のために辺りを探った。例の男がいるかもしれないからだ。

しかし、ぐるりと見たが、怪しい人影はなかった。改めて施療院に入った。大部屋に何人か待っていたが、幻宗はいなかった。

今待っている男女はこれといった病気ではなく、心の問題をかかえた患者ばかりなのだろう。年寄りが多い。三升が話し相手になってやっていた。

「三升さんと入れ代わって、幻宗先生はいま友納さまのお屋敷に行っています」

おしんが言った。

「何かあったのですか」

「いえ、術後の診断です。三升さんの話ではだいぶいいようです」

「それはよかった。では、先生を待たせていただきます」

新吾は薬種を仕舞ってある百味簞笥を見た。たくさんある小引き出しに薬草の名が書いた紙が貼ってある。母子草《ははこぐさ》、ミソハギ、阿片、辛夷《しんい》、薩摩小人参、トリカブト――。

その他、新吾の知らない薬草もあった。これらはどこで手に入れたのか。いや、どのような効果があるのか。

新吾は病室で寝ている多助の様子を見に行った。多助は目を開け、妻女と話していた。妻女の顔が明るいのも亭主が回復に向かっているからだけでなく、六両という金が入り、暮らしの心配がないからだろう。

新吾は外に出た。そろそろ、幻宗が帰って来るころのような気がして、途中まで出て行った。

深川北森下町《きたもりしたちょう》の辺りまで来たとき、弥勒寺《みろくじ》のほうから幻宗が歩いて来るのがわかった。近づこうとしたが、幻宗の背後に遊び人ふうの男が歩いて来るのに気づいた。

新吾はとっさに横道に逸《そ》れた。幻宗は新吾にちらっと目をやったが、何も言わずにそのまま歩いて行った。

新吾は下駄屋の角から通りを見た。やがて、遊び人ふうの男が差しかかった。やはり、頬のこけた目付きの鋭い顔つきの男だった。

幻宗をつけていたのだ。遊び人ふうの男が目の前を行き過ぎてから、新吾は通りに出て男のあとをつけた。

男は幻宗が施療院に戻るのを確かめてから引き返して来た。新吾は暗がりに身を隠す。

男をやり過ごしてから、再びあとをつけた。

男の目的を探るにはまずその正体を摑まなければならない。男は高橋を渡り、海辺《うみべ》大工《だいく》町に入った。男に続いて、新吾も高橋を渡った。

しかし、海辺大工町の通りには男の姿がなかった。気づかれた様子はない。男はこの近くのどこかの家に入ったのか。

すぐ先に、一膳飯屋があった。そこに入ったのかもしれないと思い、そこの戸口に立った。

店内は混み合っていたが、男の姿はない。

諦めて引き返した。ふと自身番《じしんばん》の前に人影が見えた。あっと思った。例の男だった。自身番から誰かが出て来た。尻端《しりはし》折りをした男だ。岡っ引きのようだ。

ふたりで小名木川のほうに向かった。新吾はふたりを追った。

ふたりは川縁の柳のそばで立ち止まった。何か話し込んでいる。声は聞こえないが、なにやらふたりとも厳しい顔だ。

幻宗に関連したことを話しているのかもしれない。あの男の背後に岡っ引きがいることに、強い衝撃を受けた。

幻宗に何かの疑いがかかっているのか。

やがて、ふたりは別れた。男のあとをつけても仕方なかった。あの男は使い走りでしかない。問題は岡っ引きだ。

上島漠泉の言葉がまたも蘇る。幻宗は素封家を恐喝して金を出させている。その噂は信じられないが、岡っ引きが目をつけているのは事実だ。

百味簞笥の薬草の豊富さが気になる。あれだけの薬草を集めるだけでも、かなりの金を要するだろう。

新吾は再び高橋を渡り、幻宗のところに戻った。

ちょうど最後の通いの患者が帰ったところで、療治部屋から出た幻宗は台所で遅い夕餉をとるところだった。

「先生、よろしいでしょうか」

新吾は切り出した。

「さっきの男のことか」

「はい。あの男、小名木川の川縁で、岡っ引きと会っていました」

「岡っ引き？」

幻宗がぎょろ目を向けた。

「はい。あの男は岡っ引きの手先だったのかもしれません。先生」

新吾は膝を進め、

「岡っ引きがなぜ先生のことを探っているのでしょうか」

と、幻宗の顔を見た。

「さあな」

幻宗は厳しい顔で言う。何か心当たりがあるのではないか。そんな気がしたが、幻宗はそれ以上は何も言おうとせず、給仕のおしんから椀を受け取って飯を食べはじめた。

幻宗の表情からは何か心当たりがあるかどうかわからない。幻宗は何も言おうとしなかった。

新吾は幻宗が夕餉をとっている間中、ずっと傍《かたわ》らで座っていた。幻宗は何も言わず、もくもくと飯を食っていた。

食べ終わって、幻宗は茶を飲んだ。そして、湯飲みを置いてから、

「新吾どのはこのようなところにたびたび来て、順庵どのから叱られないのか」

と、きいた。

「はい」

再び、湯飲みに手を伸ばした。

「先生」

新吾は呼びかけた。

「岡っ引きの件、どうするのですか」

「どうするとは？」

「手先は、先生が外出するたびに、あとをつけているのではないでしょうか。手先を捕らえて何が目的なのか聞き出しましょうか」

「必要ない」

「でも、このままではいつか何かが……」

幻宗は黙って顔を横に振った。

支援者の件ではありませんか。その言葉が喉元まで出かかったが、新吾は口に出すことが出来なかった。

「おそらく、狢《むじな》の睦五郎《むつごろう》という岡っ引きだろう。ダニのような男だ。関わりを持つな」

幻宗は厳しい顔で言う。

「でも、そんな岡っ引きならなんとか手を打たないと……」

「いい。好きにやらせておけばいい」

幻宗は意に介さずに言う。

あの手先のあとをつけ、住まいだけでも調べておくべきだったと後悔した。岡っ引きには手出し出来ないが、あの手先ならなんとかなるような気がした。いまさら遅いと、新吾は自分を責めた。

こうなったら、漠泉から支援者についての噂をもっと詳しく聞いてみたいと思った。

四

ふつか後、上島漠泉の招きで、新吾は順庵とともに木挽橋の近くにある『梅川』に行った。

女将の案内で、二階の座敷に通された。

早めについたので、しばらく待たされた。順庵はうれしそうだ。

「新吾。そなたも、このような料理屋に通えるようになれ」

そんな気はないと答えると角が立つので、新吾はあえて逆らわず、軽く会釈をして応じた。

やがて、女将の声がして襖が開き、漠泉と香保が入って来た。

「待たせたな」

「いえ」

順庵は愛想をふりまくように。

「今宵はお招きいただいて光栄至極にございます」

「まあ、そのような硬い挨拶は抜きだ」

「はあ」

順庵は低頭する。

漠泉と香保が並び、向かい合うようにして順庵と新吾が座る。

酒と料理が運ばれて来た。

「漠泉さま」

酒を呑みはじめてすぐ、新吾は切り出した。

「幻宗先生の支援者の話をもう少し詳しく教えていただけませぬか」

「これ、新吾。なにもこのような席で……」

順庵がたしなめる。

「いや。構わぬ。新吾どのが納得することが一番肝要」

漢泉は鷹揚に言って、

「先日、幻宗の支援者のことについて話した。新吾どのはそこのことで何か気になるのであろう」

「何が気になるのだ？」

順庵が渋い顔できく。

「じつは、幻宗先生を岡っ引きの手先が尾《つ》けているのです」

「なに、岡っ引きが？」

「はい。幻宗先生は何も仰いません。ですが、漢泉さまからお伺いしたことが気になりました。何者かを恐喝しているということでしたが、誰を脅迫しているのか、心当たりはありませんか」

「いや。私が聞いたのは単なる噂だ。それも憶測だ。幻宗が金蔓《かねづる》を摑んでいるという噂が発端だ。そもそもは、町医者の漢方医たちが噂を流したのかもしれない。だが、金蔓がないと、薬礼をただになど出来ぬからな」

恐喝云々は別として、支援者の存在は否定出来ない。

「ただ、幻宗のことで気になるのは七年前に藩医をやめたあとの五年間の空白だ。その間、幻宗は何をしていたのか誰も知らない」

「漠泉さまは幻宗先生をご存じだったのですか」

「いや。はじめて知ったのは一昨年だ」

「一昨年？」

「シーボルトどのが江戸にやって来たときだ。私も宿泊先を訪ねた。そこで、幻宗を見かけた。なかなか、熱心に質問をされていたようだ」

やはり、シーボルトが江戸に来たとき、幻宗は会いに行っているのだ。

漠泉は答えてから、

「その後、深川でただで治療をする町医者がいると評判になった。それが幻宗だった。開業するにあたり、それ相当な金を持っていたはず。それでなくては、開業出来まい」

「藩医をやめたあとの五年間の幻宗先生の暮らしぶりはまったくわからないのですか」

「そうだ」

「その五年間で、幻宗先生は支援者と出会ったのでしょうか」

新吾はきいた。

「そうとしか考えられまい。ただ、その支援者とどういう関係か。そのことに、岡っ引きは興味を示したのかもしれぬな」

　確かにそうかもしれない。その五年間、幻宗は何をしていたか。岡っ引きはそこに何か後ろ暗いところを見ているのであろうか。

　やはり、あの男を問いつめてみる必要があるかもしれないと思った。

「さあ、こんな話はやめだ」

　漠泉は手を叩いた。

　すると、襖が開いて、芸者がふたり入って来た。ひとりは、先日、香保を呼びに来た若い芸者だ。

「これはこれは」

　順庵が大仰に声を上げた。

「はる駒《こま》でございます」

　年増の芸者が名乗り、続いて、若い芸者が名乗った。

「吉弥にございます」

「吉弥……」

　新吾は香保の顔を見た。

　香保の間夫《まぶ》と同じ名前なのか。

「漠泉さま。芸者のいる席は香保さまには楽しくないのでは?」

順庵が心配してきいた。

「いや。子どもの頃から座敷に連れて来ていたので、香保はこの者たちとも馴染みだ」

「私は嫌いじゃないんです。こういうの」

香保は微笑んだ。

新吾は先日のことを思いだしていた。

吉弥というのは、ときいたら、香保は芸者といっしょにいる色白の男を指さしたのだ。いや、そう思い込んでいたが、ほんとうは芸者のほうだったのか。

吉弥とは気が合うと言っていたが、男だとは口にしていなかった。新吾は頭が混乱した。芸者の名が吉弥。相手の男も吉弥。そんな偶然があろうか。

あっと、声を上げそうになった。香保が指さした先にいた芸者と色白の男を見て、新吾はてんから男しか目に入らなかった。

「どうかなさいまして。新吾さま」

香保がからかうように声をかけた。

「吉弥とは芸者だったのか」

「ええ」

「だが、あなたは……」

新吾は言いさした。

いや。香保は嘘をついたわけではない。新吾が、吉弥を最初から男だと決めつけていただけだ。

香保はこのことを見立て違いだと言ったのか。最初から、思い込みで患者に接していたら、大きな誤診を招きかねない。

新吾は言葉を失った。自分の大きな欠点を指摘されたような気がした。

「吉弥さんは私と同い年なの。家が貧しく、十三歳のときに仕込みっ子になったのよ。私たち、とても気が合うわ」

香保は言ってから、

「吉弥さん、とても踊りが上手なの。あとで披露していただくわ。お願いね」

「はい」

吉弥は頷いてから、

「香保さまから、新吾さまのお話はお伺いしています」

新吾は吉弥の声を聞いていなかった。

先日の香保の言葉が蘇《よみがえ》った。

ご自分の勝手な解釈では見立て違いをしてしまいますよ。あなたさまは女のことがあまりおわかりにならないようだから。

あのときは激しく反撥したが、その言葉が胸に深く突き刺さって抜けない。

吉弥を香保の間夫のように思っていた。そう思い込んでいた自分に忸怩《じくじ》たる思いがあった。

香保はその思い込みを診察に例《たと》えた。もし、病気を思い込みから見立ててしまったら……。

最悪の場合は、患者の命にも関わる。新吾はすべてにおいて自分の未熟さを悟らないわけにはいかなかった。

その思いが屈託を与え、はる駒の三味線に吉弥の踊り、それに漠泉と順庵の端唄《はうた》も耳に入らなかった。

漠泉と香保は『梅川』から駕籠《かご》で引き上げた。順庵も駕籠に乗ったが、新吾は歩いて帰った。

自分は香保についていくつもの間違った考えを持っていた。富と名声が、香保には大事なのではないか。そして、香保には吉弥という間夫がいて、その取り巻きといっしょに遊んでいる。そんなふしだらな見方をしていた。

だが、それは見当違いだった。吉弥を男だと思っていたのは香保の印象からだ。見掛けが派手なせいか、遊んでいる女と思えた。そういう偏見があったからではないのか。

女が芸者遊びをすることも想像の枠を越えていた。それは言い訳に過ぎない。香保を患者に例えたら自分は完全に誤診をしたことになる。誤った治療を続けていれば、治るものも治らない。

自己嫌悪に陥っていた。見立て違い。その言葉が再び重くのしかかってきた。

新吾は楓川沿いを行く。自分は医者として、まだまだ半人前であることを、改めて思い知らされたような気がした。

患者に問診をする。患者は医者を信頼して、正直にすべてを話したと思っても、まだ言い足りないことがあるのかもしれない。思い込みがあれば、真の病気を見つけ出せないかもしれない。

江戸《えど》橋に近づいたとき、ふと前を行く男が横を向いた。その横顔を見て、おやっと思った。誰かに似ていた。どこかで出会ったことがある。誰だったか、すぐに思いだせない。

男は江戸橋を渡って、すぐに右に折れた。再び横顔が見えたとき、はっと気がついた。はじめて幻宗のところに行ったとき、大部屋で待っていた通いの患者に似ていた。確か猪之吉という名だった。遊び人ふうの男だったが、あのときより、さらに男の凄味は増していた。鋭い刃物のような危険な感じがした。

ひと違いではない。頬のこけた目付きの鋭い男を思い出し、なんとなく気になった。伊勢町《いせちょう》堀を渡って左に折れれば小舟町だが、新吾はそのまままっすぐ男のあとをつけた。

もう五つ半になる頃だ。男は照降《てりふり》横丁を突っ切り、親父《おやじ》橋を渡り、葭町《よしちょう》にやって来た。

人通りがないので、あまり近づくと気づかれそうだった。

男は人形町《にんぎょうまち》のほうに曲がり、とある家の前で足を止めた。新吾も立ち止まり、男の様子を見る。

男が家の中に入ってから、新吾はその場所まで行った。『鶴亀屋《つるかめや》』という呑み屋だ。戸障子が閉まり、暖簾《のれん》も出てなく、中は暗かった。

看板になった呑み屋に入っていったのは、この店の者なのか。

二階を見上げた。二階は明かりが灯り、障子に人影が映った。新吾は急いで暗がりに身を隠した。

男が顔を出して、外の様子を窺っていた。

新吾はおやっと思った。頬がこけ、目付きの鋭い男のようだった。どういうことだ、と目を凝らした。

頬がこけ、目付きの鋭い男が引っ込んだあと、別の男が顔を出した。今度は、新吾はあっと声を上げそうになった。

睦五郎という岡っ引きだ。

睦五郎は障子を閉めた。きょうは何らかの集まりだ。幻宗のことで相談しているような気がした。

しばらく佇《たたず》んでいたが、誰も出て来る気配はなかった。

翌朝、朝餉をとったあと、新吾は順庵に訊ねた。

「人形町に、『鶴亀屋』という呑み屋があります。ご存じですか」

「ああ、知っておる」

「呑みに行っているんですか」

「ばか言うな。往診だ」

「往診？」

「あそこの隠居はもう長くない」

「長くない？」

「腹部に腫瘍が出来ていて、手の施しようがない。医者が出来るのは痛みを和らげてやることだけだ」

「そうですか。病人がいるのですか」

昨夜、集まっていたのは病人の見舞いだったのかもしれない。それとも、最後のお別れだったのか。

「あと余命はどのくらいですか」

「もってひと月だろう」

「では、まだ？」

「きょう、明日というわけではない」

「今度、往診に行くのはいつですか」

「そろそろ、様子を見に行くころだ」

「私も連れて行ってください」

「なに、そなたも？」

「はい。そういう病気の患者を診てみたいのです」

しばらく新吾の顔を見つめていたが、

「そうか。いいだろう。では、明日、行くことにしよう」

と、順庵は答えた。

「はい」

新吾はあの家の中の様子を見てみたいのだ。昨夜、三人の男が来ていた。幻宗に何らかの形で関係している者たちだ。

新吾は自分の部屋に戻ってから、改めてきのうの連中のことを考えた。

猪之吉という男は幻宗の家を探るために病気のふりをして潜り込んだのではないか。そんな疑いを持った。

猪之吉は通い患者として、そして頬のこけた目付きの鋭い男は幻宗のあとをつける。その背後には岡っ引きがいる。

いったい、何を調べているのか。やはり、幻宗の金の出所だろう。そこに疑いを持っている。

幻宗が何者かを威しているという噂が岡っ引きを動かしているとしか思えない。訴えを受けたのなら、岡っ引きは正面から幻宗に当たるであろう。それがないのは、噂しか根拠がないので、その証拠を探っている。そういうことかもしれない。

しかし、噂程度で岡っ引きが動くのか。ひょっとして、背後に漢方医がいるのではないか。蘭方医の幻宗の評判を妬《ねた》み、さらには患者もとられるという焦りから、漢方医が岡っ引きに訴えたのかもしれない。

幻宗を貶めようとする一派が動いているのか。だが、その証拠はない。決めつけるのは早計だ。

それは香保のことで身に沁《し》みている。香保に関しては、大きな誤解をしていた。そのことは言い訳が出来ない。

誤解をしていたことは事実であり、このことは香保に謝らねばならない。そして、他に間夫がいるかどうか、確かめる必要がある。

吉弥は間夫ではなかった。他に香保には間夫がいるはずだ。婚約を破談に持っていくには、香保に好きな男がいることが前提だ。

いつの間にか、思いは香保に向いていた。なにしろ、香保のことは自分の一生を左右するかもしれない重大事であった。

順庵には申し訳ないと思うが、新吾は富にも名声にも興味はない。弱い立場のひとたちのために、医術を使いたいのだ。幻宗こそ、医者としての理想だ。そのためには、上島漠泉の後ろ盾はかえって邪魔だった。

この件で、香保ともっと話し合っておく必要がある。そう思ったとき、新吾は外出の支度をしていた。

順庵の部屋に行き、

「申し訳ございません。これから、漠泉さまのお屋敷に参りたいのですが」

と、申し出た。

「漠泉さまの？」

「はい。香保どのに用がありまして」

「うむ。そういうことなら行って来なさい」

新吾と香保が結婚することが、順庵にとっていまの最大の願いなのだ。順庵はうれしそうに新吾を送り出した。

新吾は家を出て、伊勢町堀を渡り、江戸橋を渡った。

三十間堀にかかる紀伊国《きのくに》橋の近くにある漠泉の屋敷にやって来た。

格子戸を開け、土間に入る。

「お頼みします」

新吾は奥に向かって呼びかけた。

すぐに女中のおはるが出て来た。

「あっ、新吾さま」

「香保どのはいらっしゃいますか」

「はい。おられます」

おはるは奥に引っ込んだ。

そして、小走りに戻って来て、

「どうぞ、お上がりください」

と、勧めた。

内庭に面した座敷に通された。

待つほどのことなく、香保がやって来た。

「このような早い時刻にお訪ねして申し訳ございません」

新吾はまず詫びてから、

「ゆうべはありがとうございました」

と、続けた。

うふっ、と香保は口を手で押さえた。

「何かおかしいですか」

新吾はむっとした。

「いえ、だって、昨夜の礼にやって来たわけではないのでしょう。そんな堅苦しい挨拶はいりませんよ」

「いや。いちおう礼儀ですから」

「でも、きのうの接待は父で、私ではありませんから」

いちいち癇《かん》に障《さわ》ると、新吾は顔をしかめた。

「わかりました。さっそく本題に入ります。吉弥の件では私は早とちりをしていました。そのことはそのこととして、改めてあなたにお伺いしたい」

「なんでしょう?」

「あなたの好きな男のことです」

「……」

「その男とは結婚をしたいという気持ちがあるのですか」

「なぜ、そのようなことをお訊ねに?」

「それはあなたと私との縁談を破棄するために……」

「もし、私にそういう御方がいないとしたら、あなたはどうするつもりですか。私と結婚するのですか」

「いえ、それは」

「ほんとうに、自分の意志を貫くのなら、自分の気持ちをはっきり私の父に話したほうがよろしいかもしれませんよ」

「それはわかっています。でも、私の長崎遊学の費用が漠泉さまから出ているとなると、私の行為は裏切りに当たりますので」

「それが怖いのですか。あくまでも自分はいい子でありたいと」

「いや、そういうわけでは……」

香保の逆襲に遭い、新吾はたじろいだ。

「好きではない女と結婚することはお互いのためになりません。ですから、はっきり仰ったほうがよろしいかと思います」

「待ってください。私はあなたが嫌いなわけではない。ただ、あなたを妻にして、そのことで富と名声を得る。そのような暮らしをしたくないのです」

「じゃあ、私がこの家を出て、上島漠泉の娘でなくなったら、あなたは私と結婚をしますか」

「もちろんです。それなら問題はありません」

「そうかしら」

香保は含み笑いをし、

「あなたは、私が自由奔放に遊び耽っているあばずれ女だと思っているのでしょう。そんな女を妻にしたら、不幸になるんじゃないかしら」

「……」

「ごめんなさい。へんなことをきいたりして。だいじょうぶよ。あなたに決して迷惑がかからないようにしますから安心して」

心配なさらないで、という香保の言葉を打ちのめされたように聞いた。

またも言い知れぬ敗北感に襲われた。自分が身勝手な人間のように思える。どう別れの挨拶をし、どうやって辞去してきたかもわからない。

気がついたとき、新吾は楓川沿いを歩いていた。貧しいひとのために役に立ちたい。口では立派なことを言いながら、実際にはいやなことを香保に押しつけている。傷つかないように振る舞う自分に嫌悪感さえ覚えた。

俺という男は……。すべてきれいごとでは事は運ばないのだ。上島漠泉の力を得られなければ長崎遊学など不可能だった。自分ひとりの力で医者になったように思い、いい気になっていた。

大口を叩きながら、香保には未熟さを見透かされていた。

新吾は永代橋を渡った。無意識のうちに、幻宗のところに向かっている。

高橋を渡ったところから、辺りに注意を払いながら歩いた。頰のこけた、目付きの鋭い男がいるかもしれないからだ。

だが、朝のうちは現れないのか、男の姿はどこにもなかった。幻宗のところに行くと、すでに通いの患者がたくさん待っていた。入院している患者の部屋に行くと、大工の多助の傷もずいぶんよくなっていた。

療治部屋では、幻宗と三升が患者の治療をしている。おしんの手が空いたのを待って、新吾はきいた。

「通いの患者で、猪之吉という遊び人ふうのひとがいますよね」

「猪之吉さんですか。ええ、おりました」

おしんは思いだした。

「どこが悪いか教えていただけませんか」

「ちょっと待ってください」

おしんは患者の診療の記録簿を開いた。そして、目指す箇所を見つけた。

「風邪です」

「風邪ですか」

そんなに具合が悪そうな感じはしなかった。やはり、幻宗のことを探りに来ただけのようだ。

「その後、来ていますか」

「きのう、いらっしゃってます」

「そのひと、どこか不審な動きはなかったですか」

「不審な動き？」

驚いたように、おしんがきき返した。

「ええ、何かを探るような感じだったとか」

「いえ、特には……」

そう言ったあとで、あっという表情をした。

「何かありましたか」

「あのひと、厠に行き、部屋を間違えて中をうろついていました」

「うろついていた？」

やはり、何かを探っていたのではないか。

幻宗はそのことに気づいているかもしれない。

昼になって、飯を食うときを狙って、新吾は幻宗のそばに行った。

「幻宗先生。通い患者の猪之吉という男を覚えておりますか」

「猪之吉？　覚えている。それがどうした？」

「何か不審を感じませんでしたか」

「不審？　どういうことだ？」

「風邪だったそうですね」

「うむ。風邪の自覚症状を訴えていたが、どこも悪くはなかった。その男がどうかしたのか」

「はい。人形町の『鶴亀屋』という呑み屋で、例の男や岡っ引きと会っていました」

そのときの様子を説明し、

「この家の中を探っていたのではないでしょうか」

と、新吾は言った。

「探る？　何のために探るのだ？」

幻宗はじろりと新吾を睨んだ。

「先生は噂をご存じですか」

新吾は思い切って口にした。

「噂？」

「はい。この施療院に関する噂です」

「無責任な噂には耳を傾けぬ」

「ですが、その噂をまともにとった人間がいたとしたら……」

「くだらん」

「でも、現に、貉の睦五郎が目をつけています」

「ばかな連中だ。無視すればいい」

幻宗は吐き捨てた。

「いいんですか」

「放っておけばいい」

幻宗はもう一度、吐き捨てた。

だめです。手を打たなければ、と喉まで出かかったが、すでに幻宗は新吾に背中を向けていた。

五

翌日の午後、新吾は薬籠を持って順庵の供で、人形町の『鶴亀屋』に往診に向かった。

もちろん、ある魂胆を隠してのことだ。

裏口から入り、順庵が声をかける。

すぐに、亭主らしい小柄な年寄りが出て来た。

「順庵先生、ごくろうさまです」

「うむ。どうだ？」

「へえ、だいぶ衰弱が進んでおります」

「さようか。では」

順庵は部屋に上がり、奥に向かった。亭主に会釈をして、新吾もあとに続く。亭主の名は室吉《むろきち》というらしい。

薄暗い部屋に、病人は荒い呼吸で寝ていた。その姿を目にして、一瞬胸がむかついた。と、同時に足がすくんだ。

やせさらばえ、眼窩《がんか》は窪み、頰の肉も落ち、髑髏《どくろ》のような顔だ。無気味なほど青黒くなっている。はだけた胸は骨が突き出て、しなびて乾いた皮を突き破ろうとしているようだ。生きていることが不思議に思えた。

「六助《ろくすけ》。どうだ？」

順庵は平然とした態度で耳元に口を近づけ声をかけた。

病人は薄目を開けた。

「先生か」

病人の口が開いた。

「死神がすぐそこまで来ているのがわかる」

「追い払えばいい」

順庵は事も無げに言う。

新吾は目が眩むような衝撃を受けた自分を恥じた。医者として失格だ。新吾は腹を据えて病人と向き合おうとした。

「先生。約束だ。あとひと月は生かしてくれ」

「心配するな」

順庵は脈をとるふりをし、さらに、喉や胸、腹を指先で押した。そのたびに、六助は唸った。悪性の癪で、全身に痛みが広がっている。

順庵は申し訳程度に診察しただけだ。瀕死の病人を前に、何もしてやれない自分が歯がゆかった。

「先生」

六助が声をかけた。

「そのひとは？」

「新吾と申します」

新吾は顔を近づけた。

「わしの伜だ。長崎の遊学を終え、帰って来た」

順庵は自慢して言う。

「そうですかえ。あっしは六助だ。いい跡取りがいて、結構なことだ」

「六助さん。私も父といっしょに治療に当たらせていただきます」

「ありがとうよ。だが、もう手遅れよ」

「何をおっしゃいますか」

新吾は自分の言葉が虚しいことに気づいていた。

「もっと早く、先生に診てもらっていればよかったんだが」

六助は後悔するように言う。

「失礼ですが、あとひと月と言ったのはどうしてですか」

新吾はきいた。

六助は天井に目をやってから、呟くように言った。

「いい知らせを待っているんだ」

「いい知らせ？」

「人間ってのは変なものだ。死んじまえば何もわからなくなるっていうのに、あることが知りたくてな」

「あることですか」

「そうよ」

「きっと、六助さんの人生で大事なことなのでしょうね。ひょっとして、昔好きだった女に会いたいということでしょうか」

新吾はさらに続けた。

「その話、興味あります」

人生の最期を迎えようとしている男に何が出来るか。その男の人生を聞いてあげることだ。そういう思いもあるが、それ以上に、幻宗に関わることをこの男も知っているような気がした。

「そんなことに興味を持つのか」

六助は幾分目を輝かせた。

「ええ、六助さんがどんな生き方をしてきたのか知りたいと思います」

「ひとさまに話せることは何もねえ……」

六助は目をしょぼつかせてから、

「若先生はいくつだね」

と、きいた。

「二十二歳です」

「二十二か」

六助は目を見開き、しばらく天井を見つめた。何か考えているのか。

「先生。頼みがある」

六助が切り出した。

「なんだね」

順庵が顔を寄せた。

「若先生をこれから寄越してくれませんか。若先生に、俺の生きざまを聞いてもらいたくなった」

「六助さん」

新吾は声をかける。

「それに、死に行く人間を見ていくのも医者として勉強になるんじゃないですか。若先生。どうだね」

「ぜひ」

新吾は身を乗り出して答えた。

新吾は声をかけた。

「新吾を寄越しましょう。そのほうが元気も出るでしょう」

順庵が微笑んだ。

「頼みます」

六助も笑ったようだ。だが、髑髏のような顔で表情ははっきりしない。

新吾は六助をだましているような気がして胸が痛んだ。だが、六助を最期まで看取ってやりたいという思いも決して嘘ではない。

六助は疲れたのか目を閉じた。

「では、明日から新吾を寄越す」

「へい。ありがてえ」

目を開け、六助は答えた。

階下に行き、亭主に挨拶をして、再び裏口から出た。

「ご亭主と六助さんはどういう関係なんですか」

人形町通りを歩きながら、新吾はきいた。

「詳しいことは知らないが、昔からの知り合いだそうだ。身寄りがないので、面倒を見ているということだ」

「父上は、狢の睦五郎という岡っ引きをご存じですか」

「狢の睦五郎？」

順庵は顔をしかめた。

「知っている。嫌われ者の岡っ引きだ。町の衆にゆすり、たかりなどをしているというとんでもないやつだ。それがどうした？」

「いえ。なんでもありません。ただ、一度、『鶴亀屋』に入って行くのを見たことがありましたので、六助を見舞いに行ったのかと思ったものですから」

「その可能性はあるかもしれない」

順庵が言った。

「どういうことですか」

「六助は堅気《かたぎ》の人間ではない。どういう人間かわからないが、あの男の背中には刀傷や匕首《あいくち》で刺されたような傷跡があった。猪の睦五郎も、かつては一端《いっぱし》の悪党だったという話だ。まあ、岡っ引きなどしているのは、そういう輩《やから》が多いがな」

「ふたりは知り合いだったんでしょうか」

睦五郎は昔の仲間の手を借りて、幻宗の秘密を暴こうとしているのか。ただ、不思議なのは睦五郎は前面に出て来ないことだ。幻宗を直接探っているのは猪之吉と頬のこけた目付きの鋭い男だ。

猪之吉が何をしているのか、六助は知っているかもしれない。六助からそれとなく聞き出すしかない。


翌日の午後も、新吾は六助に会いに行った。

きょうは朝から雨が降り、ぬかるんだ道を難渋しながら、番傘を差して『鶴亀屋』にやって来た。

裏口から入り、亭主に挨拶をして、奥に向かう。

六助は寝ていた。苦しそうな寝息だ。しばらく、六助の顔を見つめる。半開きした口から汚い歯が覗き、苦しそうに歪めた髑髏のような顔は醜悪に思えた。だが、じっと見つめていると、想像の中で髑髏のような顔に肉がつき、乾いた皮膚に潤《うるお》いが出て、若い頃の六助の顔が浮かんでくるようだった。

どんな人生を歩んで来たのか。かみさんはいたのか、子どもは——。やくざな人生を歩んできたことは想像出来る。

病気などに罹《かか》らなければ、まだ死ぬような歳ではない。

気配に気づいたのか、六助が目を覚ました。

「若先生。来てくれたのか」

「六助さん。寝ていたので起こしませんでした」

新吾は湯を沸かしてもらい、手拭いで寝汗をかいた六助の体を拭いてやる。

「ああ、さっぱりした」

六助は笑った。

「若先生が来てくれたせいか、あれから死神は現れなかった」

「それはよかった」

「ただ、いろんな夢を見た」

喘ぐように口を動かす。

「どんな夢です？」

「若い頃のことだ」

「六助さんは江戸の生まれですか」

「いや、越後《えちご》だ。十歳のとき、江戸に出てきた。職人になるためにな。十八歳のとき、親方のところをやめた」

「何かあったんですか」

「女だ。水茶屋の女に夢中になった」

「きれいなひとだったんでしょうね」

「ああ、いい女だった。だが、間夫がいやがった。それで、間夫を半殺しにして──」

六助が言葉を切った。

「どうしましたか」

「いや、こんな話、やめよう」

「じゃあ、六助さんはその後、何をしてきたんですか」

「ひとに言えないことだ」

「ひとに言えないことですか。でも、それでも六助さんは懸命に生きて来たんでしょう」

「確かに懸命に生きて来たが、お天道様《てんとさま》に顔向け出来るようなものではなかったからな」

「そうですか。きのう、六助さんは死ぬ前に、あることが知りたいって言ってましたね。ひょっとして、六助さんには生き別れた子どもがいるんじゃありませんか」

「どうして、そう思うんだ？」

「私を話し相手に選んでくれたからですよ。ひょっとしたら、私と同い年ぐらいの息子さんがいるんじゃないかと思ったんです」

「……」

六助は目を閉じた。

「疲れましたか」

「いや。だいじょうぶだ。若先生はどうして俺のような男に興味を持つのだ？」

心の中の企みを見抜かれたのかと、新吾はどきっとした。

「明日にでも死んでもおかしくない男のことを知ってなにになるんだ？」

「六助さん。私は五年間、長崎で医学を学んで来ました。まだ、半人前ですが、医者として、病人を目の前にして何も出来ない自分が情けないのです。病気を治すだけが、医者ではない。助からない病人の不安を取り除き、安らかに逝《い》かしてあげるのも医者の役目だと、教わりました。医者として、最期まで六助さんを穏やかに過ごさせてあげる。それが、今、私が出来る精一杯のことなのです」

これは一方で正直な気持ちだった。

「若先生、うれしいぜ」

「六助さん」

「じつは、俺はさんざん悪事をくり返してきた男だ。そんな俺だが、いざ死期が迫ってくるとなるとうろたえている。正直、死ぬのは怖い。不思議なものだ。刃物で刺されて死ぬのはなんとも思っていなかった。だが、こうして、畳の上で死ぬとなると、恐怖に襲われるんだ」

「わかります。死ぬのが怖くない人間はおりませんよ」

六助から返事がない。

顔を覗くと、目尻が濡れていた。

「六助さん」

「若先生。お察しのとおりだ。あっしには伜がいた。さっき話した水茶屋の女との子だ。信吉《しんきち》っていう。だが、俺はふたりを捨てた」

「信吉さんに会いたいのですか」

「不思議なものだ。まったく、顧《かえり》みることなどなかったのに、死ぬとわかってから無性に会いたくなった。信吉に看取られて死んでいきたい。そんな虫のいい考えが湧いてきた」

自嘲《じちょう》ぎみに、六助は笑った。

「信吉さんがどこにいるのかわかっているんですか」

「ああ」

「どこですか。来ていただきましょう」

「来てくれない」

「えっ?」

「室吉、ここの亭主の室吉に会いに行ってもらった。だが、信吉の返事は厳しいものだった。自分の父親は子どものころに死んでいる。そのひとは父親ではないということだった。無理もねえ。いまさら、父親だと名乗られてもいい迷惑だ」

「そんなことありません。血を分けた親子ではありませんか」

「親らしいことは何一つしちゃいねえ。それで、最期だけ看取ってくれと言っても受け入れられるもんじゃねえ」

「六助さん。私が会ってきます。きっとわかってくれるはずです」

新吾は訴えた。

しかし、六助はため息をついただけだった。だんだん、呼吸も荒くなって来たので、新吾は薬を呑ませて落ち着かせた。

「また、来ます」

新吾は六助の手を握って耳元で声をかけた。

「若先生。いまの話は忘れてくれ」

頷いてから、新吾は立ち上がった。

部屋を出て、亭主の室吉に声をかけた。

「六助さんの息子さんの信吉さんのことをご存じですか」

「そんなことまで話したんですかえ」

「ええ。六助さんは信吉さんに会いたがっていますね。居場所がわかれば、私が信吉さんに会って……」

「無理でございますよ」

「無理？」

「あっしが行ったときも、まったく話にならなかったんです。先生が行っても無駄です」

「でも、諦めるなんて。時間がないんです。死ぬ前に一目だけでも」

「信吉さんは二度と来てくれるなと言ってました。やっぱり、六助さんが言うように土産《みやげ》がないと……」

「土産? 土産ってなんですか」

「六助さんに聞いてください。六助さんが教えていいと言えば、教えます」

「わかりました。明日、また来ます」

「そんなに頻繁に来たって、薬礼は払えねえ」

「私だけのときは要りません。まだ、見習いですから」

目を見張っている室吉に頭をさげ、新吾は裏口から出た。

雨はまだ降り止まなかった。

第三章　二千両の秘密

一

翌朝に雨は止んだ。

水たまりが出来、ぬかるんだ庭に出て木刀を五百回振ってから、新吾は井戸端で体を拭いた。

六助の伜の信吉に会い、なんとか引き合わせたいと思った。だが、どうして、『鶴亀屋』の亭主は信吉の居場所を教えてくれないのだろうか。

土産とは何か。今度、信吉に会うには土産が必要だということだろう。

朝餉をとったあと、新吾は順庵に言った。

「きょうも六助さんのところに行ってこようと思います」

「もう手立てはない」

順庵は冷たく言う。

「痛みを和らげ、安らかに死を迎えられるようにしてやりたいのです。それより、あとひと月、頑張ってもらいたいのです」

「医者がそこまで面倒を見るべきか」

順庵が難しい顔をした。

「私はそういう医者を目指したいと思います」

「まあ、よい。ひとの臨終を看取ることも医者として役立つ」

順庵は六助のところに行くことを許した。

それから半刻ほどして、新吾は順庵に断って家を出た。幻宗のところに行くと思っているのだろうが、そのことについては何も言わなかった。

きのう一日、幻宗のところに顔を出さなかった。たった一日で、何か大きな動きがあるとは思えないが、知らず知らずのうちに早足になっていた。

小名木川を越え、常磐町二丁目にやって来た。幻宗の施療院に向かいかけて、新吾はおやっと思った。

饅頭笠《まんじゅうがさ》をかぶった侍が幻宗の施療院の裏手から出て来た。薄汚れた羽織に裁っ着け袴、大小を差している。

笠から覗いた口許はきりりとし、四十歳前後に思えた。すれ違ったあと、新吾はなんとなく気になって振り返った。

足の運びに一切の無駄がない。いったい何者だろうかと気になりながら、新吾は幻宗の施療院に入った。

療治部屋に行くと、幻宗の姿はなく、三升が患者を診察していた。

「先生は?」

新吾はおしんに訊ねる。

「さっき、訪ねて来たひとがいて裏に行きました」

「訪ねて来た?」

饅頭笠の侍の姿が脳裏を掠めた。

「あっ、帰って来ました」

おしんの声に振り返ると、幻宗が難しい顔で戻って来た。

饅頭笠の侍が何か困ったことを持ち込んで来たのだろうか。裏で会ったのは、他人に聞かれてはまずい話があったのであろう。

まさか、あの侍が幻宗の支援者の使いではなかったか。あとをつけて正体を摑むのだったと、新吾は臍《ほぞ》をかんだ。

幻宗の手すきを狙って、新吾は幻宗の前に出た。

「先生、教えていただきたいことがございます」

「なんだ？」

「父順庵の患者で、悪性の癪から今は痛みが全身に広がった男がおります。骨と皮だらけで、父の見立てではあとひと月」

新吾は病状を説明した。

「もう、父も手当はなにもしません。何か、手立てはございましょうか」

幻宗は黙って聞いていたが、

「おそらく、がんという悪疾《あくしつ》であろう」

「がんですか」

「胃に岩のようなしこりが出来、それが発達してしまったのだ。残念ながら何もない。お父上の治療は間違いない」

「さようでございますか。せめて、死期を延ばす手立てがあればと思ったのですが」

「今は会話は出来るのだな」

「はい、出来ます。言葉もはっきりしています」

「薬でひと月、ふた月、延ばせるかもしれぬ。だが、そのために眠る時間が増え、目覚めてもぼんやりしている。そういう状態で生き長らえたほうがいいのか。そうなれば、会話も満足に出来なくなろう。それより、わずかひと月でも、本人に意識があったほうがよいか。それは患者本人が決めることだ。だが」

と、幻宗は続けた。

「医者の役目は病気を治すことだけではない。患者に安らかな死を迎えさせてあげることも必要だ」

「はい。わかりました」

療治を受ける患者が入って来たので、新吾は幻宗の前から離れた。

六助にとって安らかな死とはなにか。苦しまずに死んで行くことではない。心残りがないようにしてあげることだ。

信吉に会わせてやるしかない。それは医者の役目ではないかもしれない。だが、新吾は信吉を捜しだし、説き伏せようと思った。それが六助の死と向き合うということだと、新吾は自分に言い聞かせた。

午の刻過ぎ、新吾は人形町の『鶴亀屋』を訪れた。

室吉に声をかけ、奥の部屋に行く。

薄暗い部屋で、六助は寝ていた。新吾は障子を開けた。陽射しとともに庭から涼しい風が入り込んでくる。

ふと、六助が目を開けた。

「若先生、きょうも来てくれたのか」

六助が髑髏のような顔を向けた。

「どうですか。痛みは？」

「いや、こうしているぶんにはだいじょうぶだ。若先生が来てくれるようになって元気が出たようだ」

「それはよかった。信吉さんに会えば、もっと元気が出ますよ」

「そうしたいが、今のままじゃ無理だ。親らしいことを何一つせずに死ぬ間際になって会いたいと言ってもな」

「私が信吉さんに会って来ます」

「先生。心配いらねえ。会ってくれるようなお膳立てを整えてから呼びに行かせる。だいじょうぶさ」

「お膳立て？」

きのうは、土産と言った。金のことかもしれない。残してやる金があれば、信吉が会いに来ると思っているのか。

「ひょっとしてお金ですか」

新吾はきいた。

「信吉は所帯を持ち、子どもが出来た。だが、金に困っている。そんなところに、死にそうな父親の話を持ち込んでも、迷惑なだけだ」

「六助さんにお金が出来るのですか」

「当てがある」

六助ははっきりと言った。

新吾の脳裏に、狢の睦五郎や猪之吉の顔が浮かんだ。幻宗の支援者の金を狙っているのではないか。そんな気がした。

「当てとは？」

新吾はきいた。

「それは若先生には関係ねえ」

突き放すような冷たい声だった。

「ですが、その当てというのは間違いないのですか」

「ああ、だいじょうぶだ」

「そうだとしても、そのこととは別に、私が息子さんに会って来ます。そして、六助さんのことをお話しします」

「無駄だよ」

「無駄でもいいじゃありませんか。私にも力にならせてください。それがだめなら、お金が手に入る手段を教えてください」

「なぜ、そこまでするんだえ」

「私は最期まで六助さんに向き合うつもりでいるからです」

「俺にはそこまでする価値はねえ」

「そんなことありません。ひとのいのちに差なんてありませんよ。みな、それぞれ大事なものです」

六助は目を天井に向けた。何かを考えているようだ。

「信吉さんは、いま何をなさっているんですか」

「轆轤《ろくろ》挽きらしい。椀や盆などの木工品を作っている」

六助の口許が綻《ほころ》んだような気がした。

「ひょっとして、六助さんも轆轤挽きの職人だったんじゃありませんか」

「ああ、越後から出て来て轆轤挽きの親方に弟子入りをしたんだ。自慢じゃねえが、腕はいいと親方に認められていた。あの女にさえ、出会わなければ、きっと一端の職人になっていただろうよ」

六助は自嘲した。

「そうですか。六助さんと同じ仕事に就いたんですね、信吉さんは」

「偶然ってあるものだ」

「偶然とは思えません」

「どういうことだ？」

六助は落ちくぼんだ目を向けた。

「信吉さんは父親と同じ道を自分で選んだんですよ」

「……」

「たぶん、信吉さんも父親への思いが強かったんじゃないですか」

「そうだろうか」

「母親から、父親は腕のいい轆轤挽きだと聞いていたのに違いありません。轆轤挽きになれば、いつか父に会える。そういう思いもあったかもしれません」

「なんてことだ」

六助は吐き捨てた。

「信吉の思いなど考えようともせず、俺はその頃は勝手気ままに……」

六助は無念そうに唇を嚙んだ。

「六助さん。信吉さんの居場所を教えてください。信吉さんと歳が変わらない私が訪ねたほうがきっと心を開いてくれるのではないでしょうか」

「……」

「六助さん」

「若先生。いいよ」

「いいとは？」

「最初は最期に一目会いたいという思いからだったが、いまは信吉の借金をなんとかしてやりたいんだ」

「信吉さんは借金があるんですか」

「そうだ。怪我をして仕事が出来なかったとき、借金をした。怪我が治って、仕事を再開したら、今度はかみさんが病気になった。生まれたばかりの子がいて、金がかかる。この世には神も仏もないとすっかり自棄になっているらしい」

「自棄に？」

「ああ、最近は仕事もしていないそうだ。かみさんと子どもは実家に帰り、信吉は呑んだくれている。だから、金が必要なんだ」

「教えてください。それをきいたら、ますます会わなければ。六助さん」

「会ってどうなるんだ？」

「まず、自棄になった気持ちを正しくするのです。まっとうに働くことが第一です。働きさえすれば、借金はいつか返せます。まず、信吉さんの気持ちを」

新吾は六助の顔を覗き込んだ。

「いま、信吉さんに金を与えても、仕事をしなければ、結局同じことのくり返しじゃありませんか。今大事なのは、信吉さんに腐らず仕事をする気持ちになってもらうことではありませんか」

「そんなこと出来るとは思えん」

「出来るか出来ないか、やってみなければわかりません。教えてください。信吉さんの住まいを」

「室吉を呼んでくれ」

「はい」

新吾は立ち上がって板場に向かった。

仕込みをしている室吉に声をかけた。

「六助さんが呼んでいます」

「へい」

室吉は手拭いで手を拭いてから、こっちにやって来た。

部屋に入ると、

「お呼びで」

と、六助の枕元に腰を下ろした。

「信吉の住まいを若先生に教えて差し上げろ」

「へい、わかりました」

室吉は素直に頷き、こっちに振り返った。

「信吉さんは浅草阿部川町《あさくさあべかわ》の安右衛門店《やすえもんだな》にいます。奥から二軒目。新堀川《しんぼり》の近くです」

「安右衛門店の奥から二軒目ですね」

「へえ。親方の家は田原町《たわら》です。まっとうに働いていたときは帰って来るのは暮六つ過ぎだったそうですが、今は……」

働いていないと言いたいようだ。

「わかりました」

「室吉。ご苦労だった」

「へい」

一礼して、室吉は立ち上がった。

「若先生。信吉に会ってもいやな思いをするだけだ。無理しなさんな」

「いえ。会って来ます」

「俺は金を用立てて、信吉を俺に会いに来させようとしたんだ。それじゃなければ、来ない」

「六助さん。ほんとうに、そのお金を用立てる目処《めど》があるのですね」

新吾はもう一度きいた。

「ええ、ありますよ」

六助ははっきり言う。

「いったい、どうやって？」

「それはこっちのことだ。何度も言うようだが、若先生には関係ないことですよ」

六助はぴしゃりと言う。

「悪い金ではないでしょうね」

「そんなんじゃねえ」

「信吉さんに渡す金が汚れていてはだめです」

「だいじょうぶだ」

六助が顔をそむけて言う。

「念のためにお伺いします。そのお金が手に入るのはいつごろですか」

「十日、いや五日以内にははっきりします」

「五日……」

幻宗の支援者のことが何かわかったのか。

「じゃあ、今夜にでも信吉さんに会って来ます」

新吾は立ち上がった。

部屋を出ようとしたとき、六助が言った。

「若先生、すまねえな」

「いえ」

新吾は笑みで応えた。『鶴亀屋』を出て小舟町に向かいながら、新吾は猪之吉たちが近々動くに違いないと思った。

二

蔵前から新堀川に差しかかったとき、暮六つの鐘が鳴り出した。

新吾は阿部川町の安右衛門店にやって来た。長屋の路地には仕事から帰って来た男たちの姿があった。

買い物から帰って来た長屋の女房が新吾をじろじろ見ながら家に入って行った。新吾は奥から二軒目の腰高障子《こしだかしょうじ》の前に立った。

障子が破れている。戸は開いたが、中は暗く、ひんやりとしていて留守だとすぐわかった。それでも、寝ているのかもしれないと思って声をかけた。

返事はなかった。背後でひとの気配がした。振り返ると、さっきの女房が立っていた。

「信吉さんを訪ねて来たんですか」

「ええ。まだ、仕事から帰ってないようですね」

「さっき出て行ったから、また『酒仙《しゅせん》』じゃないですか」

「『酒仙』？」

「菊屋橋《きくや》の袂にある居酒屋ですよ」

「おかみさんは?」

「実家に帰っていますよ」

「そうですか。じゃあ。『酒仙』に行ってみます」

新吾は再び阿部川沿いに出て菊屋橋を目指した。すっかり暗くなり、家々の仄《ほの》かな明かりが、かえって信吉の家の暗さを思いださせた。

かみさんが実家に帰って誰もいない長屋にすぐには帰る気はしないだろう。かみさんは自棄になって働こうとしない信吉に嫌気が差したのだろうか。『酒仙』の提灯が見えてきた。『酒仙』に近づくと、賑やかな声が聞こえてきた。玉暖簾をかきわけ、中を覗く。

ひとり客の二十二歳前後の男を捜したが、見当たらなかった。小首を傾げたとき、あっと新吾は声をあげそうになった。

小上がりの座敷に、幻宗のあとをつけていた頬のこけた目付きの鋭い男の顔があった。そして、その男の向かいに二十二、三歳と思える男がいた。やつれた顔だ。顔色も悪い。信吉だろう。

ふたりは額を寄せ合うようにして話し込んでいる。いや、頬のこけた男が一方的に話すのを、信吉らしい男は黙って聞いている。

六助に一目会ってくれ。そう懇願しているようには思えなかった。信吉は真剣な眼差しだった。

六助に会う話ではないとしたら、幻宗に絡むことだ。金を奪い取る企みに、信吉を誘い込んだのか。

信吉に何かをさせるつもりなのだ。

新吾は店から離れ、菊屋橋の袂にある柳の木の陰に身を隠し、『酒仙』に目をやった。しばらくして、頰のこけた目付きの鋭い男が出て来た。

外に出て、にやりと笑ってから、男は菊屋橋を渡って田原町のほうに消えた。

新吾は信吉が出て来るのを待った。

それから半刻後に、信吉が玉暖簾をかき分けた。

だいぶ酔っているようだ。足元がおぼつかない。だが、足の向きはちゃんと安右衛門店を目指しているようだった。

ときどき、奇声を発している。酒癖が悪いのか。いや、酔っぱらって騒いでいるというより、やり場のない怒りの叫びなのかもしれない。

途中、信吉は川に向かって立った。やがて、水音がした。立ち小便をしているのだ。

新吾は待った。ようやく、信吉が振り向いた。新吾はすかさず前に出た。

「信吉さんですか」

「誰だ?」

とろんとした目が向いた。

「町医者の宇津木新吾と申します。六助さんの療治に当たっています」

「六助?」

信吉はいやな臭いを嗅いだように口許をひん曲げた。

「私とは無縁のひとです」

そう言い、新吾の脇をすり抜けた。酒の匂いがした。

「六助さんの命はあとわずかです。最後に、あなたに会いたがっています。会っていただけませんか」

「会うも何も関係ないひとです」

「あなたの実の父親です」

「おやじはとうの昔に死んだって聞いてます。ひと違いではありませんか」

立ち止まったが、信吉は振り返ろうともせずに言う。

「あなたに謝りたいそうです」

「関係ありませんよ」

信吉は再び歩きだした。

「さっき、居酒屋で会っていたのは誰なんですか」

再び、足を止めた。今度は振り返った。

「見張っていたのか」

「いえ、長屋に行ったら、あなたが居酒屋にいると聞いたんですよ。でも、連れがいたので、声をかけるのを遠慮したんです」

「あんたには関係ありませんよ」

「何かの相談をしていたんじゃありませんか」

暗がりでも、信吉の顔が強張ったのがわかった。

「そんなんじゃない」

強い口調で言い、酔いが醒めたかのように、信吉は足早に長屋に向かった。

新吾は憤然と見送った。六助に対する敵意が剝き出しだが、それ以上に男と会っていたことに触れると激しい動揺が見られた。

新吾は引き返した。何をするつもりか、そのことを考えながら御蔵前片町《おくらまえかたまち》から浅草御門を抜け、さらに浜町《はまちょう》堀を越えた。

通旅籠町《とおりはたご》までやって来たとき、ふと思いついて人形町通りに向かった。ひょっとしたら、信吉と会っていた男が六助のところに寄っているかもしれないと思ったのだ。『鶴亀屋』が見えてきたが、提灯の灯は点いていなかった。暖簾も出ていない。今夜は休みなのか。

まさか、六助の容体が急変したのではあるまいかと、あわてて店の前まで走った。が、ふと足を止めた。

前方からやって来たふたりの浪人が『鶴亀屋』の前に立ったのだ。すると、戸が中から開き、亭主の室吉が顔を出し、浪人を中に引き入れた。

二階の窓が開いた。新吾は路地に身を隠した。さっきの頬がこけて目付きの鋭い男が姿を現した。

何人かが集まっているようだ。何かの話し合いをしているのだ。信吉の件といい、浪人者を集めたことといい、いよいよ動きはじめるのか。

それから半刻後、戸が開いた。出て来たのは、狢の睦五郎だ。どうも、この動きはおかみの御用とは別物のようだ。

新吾はそのまま家に引き上げた。

「どこに行っていたんだ?」

順庵が顔をしかめてきいた。

「はい。じつは六助の伜に会って来ました。でも、とりつく島がありませんでした」

「うむ。医者の仕事とは違うが……」

順庵は顔をしかめた。

新吾は意に介さずきく。

「父上は町奉行所の人間を知りませんか」

「なに、町奉行所の人間？」

「はい。信頼の出来る同心、出来たら定町廻《じょうまちまわ》り同心をご存じなら幸いなのですが」

「なぜだ？」

順庵はじろりと睨んだ。

「信吉という六助の伜にちょっと心配なことがあります」

「何か悪さをするとでも思っているのか」

「確かな証拠があるわけではありませんが、怪しげな男と話し込んでいました。信吉はいま、金に困っているようです。そこに、つけ入る隙を与えてしまったのではないかと」

「それだけで同心に訴えるのはどうか」

順庵は反対した。

「いえ、訴えるのではありません。調べてもらいたいことがあるのです。それで、未然に防げたらと思うのです」

「うむ」

順庵は唸ってから、

「あいにく、定町廻りには懇意にしている同心はおらぬな。だが、漠泉さまには親しくしている定町廻り同心がいた。確か、津久井半兵衛《つくいはんべえ》どのだ。漠泉さまに頼むがよかろう」

「漠泉さまにですか」

またも、漠泉の力に頼ることには抵抗があったが、急を要しており、やむを得なかった。

これからでも、漠泉の屋敷に行きたいが、夜も遅すぎる。

「漠泉さまは明日は登城日ではない。だいじょうぶだ」

「そうですか。では、明日の朝、お願いしに行って来ます」

「うむ」

順庵は、新吾が漠泉と関わりを持つことを喜んでいた。

翌朝、新吾は木挽町の漠泉の家を訪ねた。

女中のおはるが客間に案内してくれた。すぐに、香保が茶を運んで来た。

「新吾さま。お早いのですね。まさか、縁談の解消を急いでかしら」

香保は皮肉そうにきいた。

「違います。漠泉さまにお願いがあって参った」

「そう。でも、早くしないと、父は着々とことを進めてしまいますよ」

「そうなったら、あなたも困るでしょう」

香保には好き合っている男がいるのだ。その男と別れて、新吾の妻になる気はないはずだ。

「そうね」

香保は含み笑いをした。

襖が開いて、漠泉が部屋に入って来た。新吾は低頭して迎えた。

「いかがした、このような早い時刻に」

漠泉が口を開いた。

「申し訳ございません。じつは、お願いがあって参りました」

「はい。漠泉さまには懇意になさっている定町廻り同心の方がいると、父から伺いました」

「ほう、何かな」

「ほう、定町廻り同心とな」

漠泉は不思議そうな顔をした。

「はい。どうか、その方をお引き会わせいただけませんでしょうか」

「また、どうしてかな」

「じつは、父順庵が往診していた患者で六助という男がおります。悪疾に罹り、もはや手の施しようもなく、長くはないと思います。私はある事情からこの六助に興味を持って近づいたのですが、骨と皮だらけの姿に吐き気を覚えました」

新吾は生唾を呑み込んでから、

「そんな自分を恥じ、六助の最期に向き合おうと思ったのです」

「うむ」

「六助には捨てた女とのあいだに子どもがいました。信吉と言います。六助は信吉に一目会って死にたいと思っています。私は信吉に会いに行きました。ところが、信吉は幻宗先生のあとをつけていた男と会っていました」

「なにやら、複雑そうな話だな」

「申し訳ございません。まわりくどい話になってしまいました。じつは、その男は六助の家に出入りをしていました。つまり、六助の手下で、幻宗先生から金を奪おうと企んでいる一味のようなのです」

「幻宗から金を奪う？　幻宗に金があるとは思えぬが」

「狙いは、幻宗先生の支援者かと」

「なぜ、そう思うのだ？」

「男の仲間に猪之吉という男がおります。この男も六助の家に出入りをしていました。いえ、それだけではありません。貉の睦五郎という岡っ引きも仲間のようです」

「岡っ引き？」

　漠泉は眉根を寄せた。

「ですが、どうもおかみの御用の筋とは思えません。六助は堅気の人間ではないようです。やはり、この連中がよってたかって、幻宗先生の支援者の金を狙っているのではないかと」

「しかし、六助は、どうして幻宗の支援者のことを知ったのだ？」

「噂を耳にして金になると思ったのかもしれません」

新吾は自信がなかった。

「あくまでも私の想像でしかありません。ですから、信頼の出来る町奉行所の方に相談をしたいと思ったのです」

「新吾どのの早合点で、何でもないかもしれないのだな」

「その可能性もあります」

新吾は素直に認めた。

「支援者の噂だけで、六助の手下が動くとは思えぬ。六助たちは、支援者のことを何か摑んでいるのではないか。あるいは、噂を聞いて調べていて、支援者に行き着いた。これなら金になると踏んだ……。しかしな、どうもぴんとこぬな」

漠泉は腕組みをして考え込んだ。

「その支援者のことで何か手掛かりはあるか」

「いえ、わかりません。あっ」

新吾は思いだしたことがあった。

「先日、きのう、幻宗先生のところで、饅頭笠をかぶった侍に出会いました。幻宗先生と裏口で会っていたそうです。この侍が支援者との橋渡しをしている人物かもしれません」

「侍か」

漠泉は小首を傾げた。

「確かに、何の証拠もありません。私の早合点かもしれません。ただ、気になること
は放っておけません。どうか、どなたか定町廻りの方を」

「証拠がないのに、そなたと初対面の同心が今の話を信用すると思うか」

「しかし、連中が何かを企んでいるのは間違いないのです」

「それも、そなたがそう考えただけだ」

「はあ」

「大山鳴動《たいざんめいどう》して鼠《ねずみ》一匹ということもありうるわけだ」

「はい」

反論しようとしたが、漠泉の言うとおりだと思った。

「残念ながら、そう思われても仕方がありません」

新吾は素直に応じた。

「新吾さまの目を信じていいと思います。どうか、津久井さまを」

それまで黙って聞いていた香保が口をはさんだ。

「香保どの」

「津久井さまなら、新吾さまの疑問に誠実に応えてくださると思います」

「うむ。わかった。新吾どのの目を信じよう。南町の定町廻りの津久井半兵衛どのに引き合わせよう。ただちに使いを出す」

「ほんとうですか。ありがとうございます」

新吾は深々と頭を下げた。

「ここで待つがよい」

そう言い、漠泉は部屋を出て行った。

「香保どの。ありがとう」

新吾は礼を言ったあとで、

「でも、あなたは私の見立て違いを指摘しました。今度もまた、見立て違いかもしれないではないですか。どうしてまた?」

と、疑問を口にした。

「だって、父には頼りたくないと思っているはずの新吾さまが、あえて頼みに来たんですからね。六助というひとへの思いはほんものだと思いました。それに」

「それに?」

「いえ、やめておきます」

「言い出してやめるなんてずるいと思いませんか」

「そうね。じゃあ、言います。新吾さまの目が曇るのは女子に対してだけですから」

「……」

「つまり、あなたのことですね」

「はい」

「あなたが富と名声を望む人間ではないということと吉弥の件ですね」

「まだ、他にもおありですよ」

「他に？」

新吾は小首を傾げ、

「まだ、香保どののことで私が何か勘違いしているというのですか」

「さあ、どうかしら」

香保はいたずらっぽく笑った。

「津久井どのは来てくださるでしょうか」

新吾は不安を口にした。

「来てくださいますわ。津久井さまは父を恩人のように思っておりますから」

「恩人？」

「津久井さまのお母上のご病気を父が治してさしあげたそうです。それ以来、津久井さまは父のためならなんでもしてくださいます。といっても、父は何も要求しませんけど」

「そうでしたか」

「新吾さまは好きな女子はいらっしゃらないのですか」

香保がいきなりきいた。

「おりません」

新吾はきっぱりと言ってから、

「この際だから、はっきり申しておきます。あなたも、私のことを勝手に決めつけていますよ。長崎に好きな女子がいるのではないかとか」

「あら、そうでしたかしら」

香保はけろりとしている。

新吾は呆れ返り、苦笑するしかなかった。

漠泉が戻って来た。

「津久井どのはあと半刻後に来るそうだ。ここで待つがよい」

「はい」

「それまで時間がある。せっかくだから、わしの書斎に案内しよう」

「書斎ですか」

漠泉は書物をかなり集めているという評判だ。

「よろしいのですか」

「構わぬ。私はこれから往診がある。香保、案内してさしあげなさい」

「はい」

香保が立ち上がった。

漠泉が新吾に向ける好意は、やがて新吾が香保の夫になる男だと思っているからで、結婚しないとなったら、さぞかし裏切られたと思うのであろう。

そのことを気にしながら、新吾は知の欲求には勝てなかった。

香保の案内で、漠泉の書斎に入った。西洋医学書に西洋の草書の翻訳本などが棚にびっしり並んでいた。

新吾は目を輝かせてひとつひとつ確かめていった。寛政年間に宇田川玄随《うだがわげんずい》が翻訳した『西洋医言《いげん》』という和蘭対訳医学用語辞典があり、さらに養子の宇田川玄真《げんしん》が引き続いて翻訳した『西説内科撰要《せいせつないかせんよう》』を開く。

総目次を見ると、精神錯乱、頭痛、嘔吐、吐血、疱瘡《ほうそう》、麻疹《ましん》などの項目がある。

新吾は目をらんらんと輝かせて書物を見ていった。当代一の蘭学者である宇田川玄真の書物はまだあった。『和蘭局方《オランダきよくほう》』、『和蘭薬鏡《オランダやくきよう》』などが揃っていた。

「新吾さま。新吾さま」

香保の声ではっと我に返った。

「なにか」

「津久井さまがお見えになりました」

「えっ、もうお見えに？」

「いやですわ。もうって。すでに半刻は経っていますよ」

「えっ。そんなに」

夢中で書物を見ていて、時間が経つのがわからなかった。書物を棚に返し、部屋を出ようとしたとき、ふと机の上の手紙に目がいった。

シーボルトの名があった。シーボルト先生からの手紙だと、新吾は目を見張った。

三

新吾は津久井半兵衛と会った。半兵衛は四十歳前後。鋭い顔だちの男だ。だが、切れ長の目は案外とやさしそうだった。

「漢泉先生にはひとかたならぬお世話になっております」

挨拶が終わったあと、半兵衛が微笑んだ。

「お忙しい中をお呼び立てして申し訳ございません」

「いえ、さっそくお話をお伺いいたしましょうか」

「はい」

新吾は六助の話から幻宗のことまで話した。

半兵衛は黙って聞いていた。新吾が話し終えるのを待って、半兵衛は質問をした。

「まず、人形町の『鶴亀屋』という居酒屋に、怪しげな連中が集まっているということですが、客とは違うのですか」

「違います。二階の部屋に上がっていました」

「しかし、二階を馴染みの客に使わせることもありましょう。その六助が寝ているのは一階の奥の部屋でしたね」

「そうです」

「六助の手下なら、六助が寝ている部屋に集まるのではありませんか」

「病人ですから、長居はせず、二階に上がったのだと思います」

「頬がこけた目付きの鋭い男が六助の伜と会っていたのは、六助に会うように説得するためではなかったのですか」

「違うと思います」

「思います、ですか」

「ええ。そうだとは言い切れません。でも、私にはそんな説得を酒を呑みながらするとは思えません」

「問題は、村松幻宗のことです。確かに、幻宗の背後には金を出している者がいるのでしょう。それでなくては、ただで療治を続けていけるわけはありません」

「ええ」

「ですが、なぜ、その者から金を奪おうとするのでしょうか。それなら、幻宗のあとをつけたりする必要はありません。その支援者の正体を掴むためとお考えでしょうが、そもそも正体の知れぬ支援者に狙いを定めるのは不自然ではありませんか」

「……」

「もっと他に金を持っている人間がいるのに、なぜ、あえて正体のわからぬ幻宗の支援者を標的にするのか。幻宗の施療院の支援をしているからかなりの富豪であろう。だから、そこを狙おうでは、あまりにも闇雲《やみくも》過ぎる。そうは思われぬか」

やはり、この同心も信じてくれないようだと落胆した。

「確かに仰るように支援者に狙いをつけるのは無理があるかもしれません。でも、何らかの理由があるのかもしれません」

「何が考えられましょうか」

「わかりません」

ふっと、半兵衛は冷笑を浮かべた。

「それから、頬のこけた目付きの鋭い男のことですが、もしかしたら岡っ引きの睦五郎が使っている密偵のような男かもしれません。幻宗のような医者のところにはいろいろな人間が行く。睦五郎が追っている悪党が幻宗の診察を受けているという情報を得て、内偵を進めているとも考えられます。なにしろ、幻宗という男は悪党をかばうような男です。いや、誤解しないでいただきたい。あなたの話をすべて否定しているわけではありません。ただ、もう少し、様子をみてから判断する必要があると申し上げたいのです」

「わかりました」

新吾は落胆を隠せなかった。

「もし、何か進展があったら、また話を聞かせてください」

半兵衛は引き上げて行った。

「どうして、信じてくれないのか。いや、信じるか信じないか、調べてくれてもよさそうなものだ」

まったく、これはどういうことなのだと、新吾は腹立たしかった。

もっとも支援者に狙いを定めているという見方は確かに受け入れられないかもしれない。しかし、それ以上に半兵衛のある言葉に引っかかった。なにしろ、幻宗という男は悪党をかばうような男です。半兵衛はそう言った。

奉行所の人間は幻宗に対して含むところがあるのか。幻宗に関わる話だから、半兵衛も熱心にならないのか。

「そうだとしたら賤《いや》しい」

新吾は口に出していた。

「新吾さま」

いつの間にか、香保が部屋に来ていた。

「だめでしたのね」

「まったくとりあってもらえなかった。私に信用がないのかもしれませんが、それよりも、幻宗先生への偏見が大きいのかもしれません。帰ります」

新吾は憤然と立ち上がった。

漠泉の屋敷を出てから、新吾は深川に向かった。永代橋を渡り、さらに小名木川を越えて、幻宗の施療院にやって来た。

新吾は入院看者の部屋に行くと、大工の多助が床《とこ》の上で半身を起こしていた。

「起きられるようになったのですね」

新吾は多助に声をかけた。

「おかげさまで」

傍らにいた妻女が頭を下げた。

「よかった」

何人か入院をしていたが、世話をしているのはみな近所の年寄りで奉仕なのだ。これも幻宗の力なのだと、改めて気づかされる。

遅い昼飯を幻宗がとるのを、新吾は台所に行って幻宗のそばで待った。幻宗はもくもくと口を動かしていた。

食い終わってから、新吾は声をかけた。

「幻宗先生。お話がございます」

「なにか」

「先日、お話しした六助のことです。悪疾に罹り、あとひと月の命でありながら、手下を使い、先生から金を奪おうと動いているようなのです」

「わしから金を?」

幻宗は眉根を寄せた。

「奴らの狙いは、この施療院を支援している方のお金ではないかと」

「……」

「先生。奴らがどのような手立てで出てくるかもわかりません。どうぞ、お気をつけください」

「解《げ》せぬ」

「なにがでございますか」

「わしのところに狙いを定めても金にはならぬ」

「ですから、先生の支援者が標的では?」

「あり得ぬ」

幻宗はきっぱりと言う。

幻宗にまで否定され、新吾ははじめて自信を失った。やはり、自分は大きな勘違いをしているのだろうか。

　ひとりで勝手に騒いでいただけなのか。

　支援者の件を、幻宗ははっきり否定した。その根拠はわからないが、幻宗が否定した意味は大きいと思った。

　つまり、六助が狙っているのは支援者ではないということだ。では、幻宗の金か。

　幻宗はほんとうは莫大な金を持っているのでは……。

　だとしたら、この家のどこかに隠してあるのではないか。しかし、そんなことがあるだろうか。

　もちろん、そのことを訊《たず》ねても、幻宗は答えてくれないだろう。

「先生。いずれにしても、注意をしてください」

　そう言い残して、新吾は辞去した。


　再び、永代橋を渡り、いったん、小舟町の家に戻り、薬籠を持って、改めて六助に会いに行った。

「きょうは遅かったんですね」

　亭主の室吉が冷たい目を向けた。

「ちょっと寄るところがありましたので」

新吾はそう言い、奥の部屋に行った。

六助は目を開けていた。

「若先生」

六助が目を向けた。

「どうやら、だめだったようですね」

やはり、信吉のことは期待していたようだ。

「すみません。でも、まだ、諦めたわけではありません」

「いいですよ。どうせ、だめだとわかっていましたから」

「六助さん」

亭主の室吉の耳を気にして、新吾は顔を近づけた。

「じつは、信吉さんに会いに行ったら、私より先に頰のこけた目付きの鋭い男が信吉さんと話していました。その男は六助さんの知り合いですか」

「頰のこけた目付きの鋭い男？」

「ええ。額を突き合わせ、秘密めいていたので、ちょっと気になったのです」

「まさか……」

六助が呟く。

「何か」

「いくつぐらいの男だ？」

「三十前後でしょうか」

「亀七《かめしち》か」

六助が吐き出すように言った。

「亀七というんですか。やはり知り合いなのですね」

「室吉を呼んでくれ」

新吾の問いに答えず、六助が言う。

「わかりました」

新吾は立ち上がって板場に向かった。

「室吉さん。六助さんが呼んでいます」

「わかりました」

仕込みの手を休め、室吉がやって来た。

「亀七に信吉の居場所を教えたのか」

「へえ、どうしてもって言われて」

室吉は小さくなって答える。

「何しに行ったんだ？」

「会いに来るように頼みに行ったんだと思います」

室吉が微かに狼狽しているのがわかった。

「奴にそんな気はまわらねえはずだ。別の目的だ。今夜、亀七は来るのか」

「さあ」

新吾は室吉の応対がしらじらしいことに気づいた。

「じゃあ、あっしは仕込がありますので」

室吉は下がった。

「六助さん。どういうことですか」

「亀七は何か魂胆があるんだ。若先生、信吉に会って亀七に近づくなと言ってくれないか。亀七のやろう」

「言いましょう。でも、その前にどういうことなのか教えてください」

「……」

「六助さん」

「若先生。これはこっちの事情だ。よそさまに話すようなことではないんだ」

六助は激しい口調で言う。

「わかりました。じゃあ、これから、信吉さんに会って来ます」

「頼みます」

新吾は六助に会釈をして部屋を出た。


浅草阿部川町にやって来た。長屋に行くと、信吉は家にいた。部屋の真ん中で、酒を呑んでいた。

「信吉さん」

新吾は土間に入って声をかけた。

とろんとした目が向いた。

「だれでえ？」

「町医者の宇津木新吾です」

「用はねえ」

「亀七さんから何を言われたんですか」

「別に何も」

「亀七はあなたに何か言ったのではありませんか。それが何か知りたいのです。六助さんも気にしていました」

「六助なんて俺には関係ねえ」

「あなたの実の父親です」

「関係ない」

「あとひと月持つか持たないかなんです」

「何度言ったらわかるんだ。俺と六助は関係ない。赤の他人だ」

「おかみさんとお子さんはどちらに?」

「どこだっていいだろう」

うるささうに吐き捨てた。

「教えてください。亀七はなんて言っているんですか。ひょっとして、亀七はあなたを仲間に引きずり込もうとしているんじゃないですか」

「……」

「亀七なんかと関わりをもってはだめだ。そんなことをしたら、あなたは自分の父親がしたことと同じことを、自分の子どもに対してもするようになりますよ」

「うるせえ。帰ってくれ」

「いいですか。まったく同じ道を歩むようになりますよ。六助さんの姿が、二十年後のあなたですよ。そのことだけは心に止めておいてください」

新吾はため息をついて立ち上がった。

新堀川に沿って引き上げた。御蔵前片町から浅草御門に向かう。ずっとつけてくる男に気づいていた。ひとりではない。ふたり、いや三人だ。

新吾は浅草橋を渡って、浅草御門を抜けて、柳原《やなぎはら》の土手のほうに曲がった。背後の男たちもついて来た。

新吾は途中で立ち止まった。足音が近づいて来た。

「私に用か」

新吾は振り返った。

覆面で面体を隠したふたりの浪人がつかつかと迫って来る。ふたりは刀の柄に手をかけた。立ち止まることなく近づき、抜き打ちに斬りかかってきた。

新吾は身を翻して剣先を逃れた。が、続けて、第二の太刀が襲う。新吾は後ろに飛び退いた。

「何者だ？　宇津木新吾と知ってのことか」

もうひとりの浪人が背後にまわった。

土手のほうの暗がりにもうひとりの男がいた。顔はわからないが、おそらく亀七であろう。

背後の浪人が斬り込んできた。新吾は振り向きざまに剣を抜き、相手の剣を弾いた。すかさず、正面にいた浪人が剣を脇に構えて突進してきた。新吾は剣を正眼に構えて迎え撃つ。

相手の横に薙《な》いだ剣を、新吾は掬いあげるようにして弾く。

「そなたたち、先日、『鶴亀屋』に入って行った浪人だな」

新吾が言うと、ふたりは一瞬たじろいだように動きが止まった。

「図星らしいな」

新吾は土手のほうの暗がりにいる男に向かって、

「そこにいるのは亀七か、それとも猪之吉か」

すると、黒い影が近づいてきた。

「よけいな真似はしないでくれませんか」

頰のこけた目付きの鋭い顔は亀七だ。

「おまえたちは何を企んでいるのだ？」

「別に何も企んでいませんぜ」

「では、なぜ、幻宗先生のあとをつけているのだ？」

「さあ、あなたさまには関係ないこと。医者なら医者らしく病人の診察だけしていればいいんですよ」

「信吉さんに何をしようとしているのだ？」

「何もしませんぜ。ただ、実の父親が会いたがっていると伝えただけですよ」

「そんなはずはないな」

「まあ、これ以上、話しても無駄ですな。ともかく、もう『鶴亀屋』にも顔を出さないでくださいませんか」

「それは無理だ。六助さんを最期まで見届けるつもりなのだ」

「見届けるも何も、もう死んだも同然だ。無駄ですよ」

「六助さんはどういうひとなんだ？」

新吾がきいた。

「ただの死に損ないですよ」

亀七は口許を歪めた。

「六助さんの手下じゃないのか。よく、そんなふうに言えるな」

「手下ねえ」

亀七は皮肉そうに笑い、

「いくらおかしらだったひとでも、あんなになってしまったんだ。もう、おかしらでも何でもねえ」

「おかしらに対してよくもそんな冷たい言い方をするな。まさか、おかしらを裏切るつもりじゃないだろうな」

「いいですかえ。これ以上、うろちょろしないでもらえませんか。おとなしくしてくださいな」

亀七は鋭い声で言う。

「わけを話せ。幻宗先生のところに金があると思っているのか」

「もう話はおしまいにしましょう。これ以上、首を突っ込むと、あとで後悔することになりますぜ。いいですね」

亀七は浪人ふたりに声をかけると、いきなり踵を返した。

今の襲撃は警告のつもりだったようだ。しかし、なぜ、警告だけですましたのか。

亀七には余裕があった。その余裕はどこからきているのか。

新吾は不可解な思いで暗がりに消えて行く亀七たちを見送った。

四

翌日、六助のところに行くと、様子がおかしかった。息が荒い。

容体が急変したのか。あわてて、新吾は患部を触る。痼《しこり》に変化はない。胸から喉を押してみたが、異状は発見出来なかった。とりあえず、鎮静薬を飲ませた。

しばらくして、落ち着いて来た。傍らで、心配そうにしていた室吉に新吾はきいた。

「いつからこのように?」

「へえ、ゆうべです」

「ゆうべ?」

「へえ」

室吉は自分の顔に手をやったり、もう一方の腕をさすったりして落ち着かない。

「何かあったのですか」

「それが……」

「若先生」

六助の声がした。

新吾は振り返った。

「若先生」

もう一度、六助が言う。

「ここにいますよ」

新吾は顔を近づける。

「ゆうべ遅く、亀七が現れた」

「亀七が？」

新吾を襲ったあと、亀七はここにやって来たようだ。

「奴ら、俺を裏切った」

「裏切る？」

新吾は喘ぐように動く六助の口に耳を近づけた。

「俺を見捨てた……。もう、ここにはこねえ」

六助は目を剝《む》いた。

「室吉」

今度は室吉を呼んだ。

「へい」

室吉が顔を近づける。

「若先生に俺のことを洗いざらい話せ」

六助が言う。

「いいんですかえ」

「こうなりゃ、若先生に頼るしかねえ」

「わかりやした」

室吉は頷いた。

「若先生。室吉からすべて聞いてくれ」

「わかりました。お聞きしましょう」

新吾は室吉と向かい合った。

室吉は皺《しわ》の浮いた顔に躊躇《ためら》いの色を浮かべながら口を開いた。

「この御方は、観音《かんのん》の六助といい、三年前まで関八州《かんはっしゅう》を荒し回っていた盗賊のおかしらです。手下が十数名います。あっしもそのひとり」

「観音の六助?」

堅気ではないことは察していたが、盗っ人のかしらとまでは想像もしていなかった。

「江戸にやって来たときのおかしらのために、あっしはここで呑み屋をやっていました。三年ぐらい前からおかしらは体調を崩され、去年の暮れごろからここで養生をするようになったんです」

六助に目をやる。目を見開き、天井を見つめていた。

「二年前の春、体調が思わしくなく、おかしらは引退を決めたんです。それで、稼いだ金を分配することになった。おかしらは盗んだ金の一部を溜めていたんです。権蔵《ごんぞう》という男が金庫番で、金を保管していた。ところが、そのころ、権蔵が板橋《いたばし》宿の外れで、酔っぱらって喧嘩《けんか》をして匕首で刺されて殺されてしまったんです。下手人はわかりません。さらに、金の隠し場所である巣鴨《すがも》村のある百姓家の離れから金が消えていた。その百姓家の主人は信用のおける人間ですから、猫ばばは考えられねえ」

室吉が口惜《くや》しそうに言う。

「手下の亀七や猪之吉たちが探りました。最初は、権蔵を殺した人間が金を奪った、いや、金を奪うために権蔵を殺したと思い、権蔵の周辺の人間を当たりました。ところが、金は権蔵が死ぬ半年以上も前になくなっていたことがわかったんです」

「どうして、わかったんですか」

「じつは権蔵には女がいたんです。権蔵が殺されたあと、その女に会いに行くと、金はなかったと言ってました」

「……」

「その女が言うには、権蔵は二年ほど前に目の病気に罹り、失明寸前になった。絶望していたとき、たまたま居合わせた医者に目の施術をしてもらって失明を免れたそうです。権蔵は、医者に目を治してくれたら二千両を出すと言ったそうです」

「二千両？」

「ええ。権蔵は目が治り、約束どおり、医者に二千両を差し出した」

「その医者というのが幻宗先生？」

新吾は驚いてきいた。

「そうです。それから、幻宗を捜しました。そして、深川の常磐町で施療院を開いているとわかったのです」

まさかと、新吾は思った。眼科は幻宗の専門外だ。幻宗が目の施術をするとは思えない。何かの間違いではないのか。

「ほんとうに幻宗先生だったのでしょうか」

「ええ。自分は目医者ではないと言っていたそうです」

幻宗は目のほうの知識もあるのか。そして、盗っ人の失明を助けて得た金で、あの施療院を運営しているのか。

「権蔵の目を治したのは幻宗先生だというのは、情婦の言葉だけですか」

「いや。おかしらも、権蔵の目の治療をしている幻宗に会ったことがある。それに、それから間もなく、幻宗は施療院を開いた。患者から金をとらない。それなのに施療院を立派に運営しているのです。金を持っている証拠です。亀七たちが幻宗の支援者を調べましたが、見つけ出せなかった。つまり、そんなものはいない。幻宗自身が金を持っているからだ」

「信じられない」

新吾は呟く。

幻宗が病気を治した薬礼を二千両もとるなど信じられない。いや、その金があれば、施療院を建て、貧しいひとたちの病気を治すことが出来る。そう思ったとも考えられなくはない。

「では、幻宗先生から金を奪い返そうとしていたのですね」

「そうです。おかしらは分け前の金を信吉さんにあげようとして、亀七たちに奪い返すように指示していたんです」

「それなのに、なぜ、亀七は六助さんを裏切ったのですか」

「俺がこんな体になっちまったからですよ」

六助は自嘲ぎみに続けた。

「死んだも同然の俺に従うわけはねえ。それと、若先生。あなたですよ」

六助が苦しそうに声を出した。

「私？」

「そうです。あっしのために信吉に会いに行ってくれたことが、亀七には気に入らなかったんでしょう。奴は、信吉を盗っ人の仲間に引き入れようとしているんだ」

六助は激しく噎《む》せた。

「だいじょうぶですか」

「だいじょうぶだ」

六助は幽鬼《ゆうき》のような顔を向け、

「若先生。信吉を俺の二の舞にはさせたくねえ。頼む、信吉を亀七から引き離してくれ」

「わかっています。必ず、信吉さんを守ってみせます」

「すまねえ」

「亀七たちの隠れ家はわかりますか」

「いや。わからねえ。奴らのほうからここに毎晩顔を出していたのだ。もう、今夜から現れないだろう」

六助は無念そうに言う。

「狢の睦五郎という岡っ引きは仲間なんですか」

新吾は確かめた。

「あっしたちが幻宗を捜し回っているのを突き止め、仲間に潜り込んできた。分け前欲しさだ。岡っ引きがいれば何かと都合がいいので仲間に加えた」

「そうですか。わかりました。六助さん。あとは私に任せて、静かに養生してください」

そう声をかけ、新吾は立ち上がった。

「室吉さん。六助さんをお願いいたします」

戸口で、新吾は言う。

「へい」

室吉は深々と頭を下げた。

夕方に、新吾は幻宗の家を訪れた。

大部屋にはまだ何人も患者が待っていた。その中に、あやしい人間はいなかった。

亀七たちはどう出て来るのか。この家に、二千両の残りがまだ隠されていると思っているようだ。

亀七は何日も幻宗を尾行し、その行き先を突き止めていた。金を預けているような場所を見つけただろうか。

やはり、金はこの施療院のどこかに隠してある。そう判断したのではないか。

だんだん、大部屋から患者がいなくなり、やっと幻宗の手が空いた。それを待って、新吾は幻宗の前に行った。

「先生。お話がございます」

「何か」

「はい。先日、お話しした六助のことがわかりました」

「……」

「六助は観音の六助という盗賊のかしらだそうです」

「観音の六助？」

「はい。観音の六助が幻宗先生の金を狙ったわけがわかりました。先生は権蔵という男をご存じではありませんか」

「権蔵？」

幻宗は小首を傾げた。

「二年前、巣鴨村で、先生はある男の目の治療をしたことはございませんか」

「巣鴨村か。うむ、確かに。目の施術をしたことがある。あのときの男が権蔵か――」

「やはり、先生が目の治療を？」

「うむ。白内障《はくないしょう》だった」

「先生は眼科の心得も？」

「土生玄碩《はぶげんせき》先生は白内障の施術を受けたことがある」

土生玄碩は白内障の施術を会得し、奥医師にまでなり、富と名声を得た眼科医である。現在は六十半ばを過ぎているはずだ。

一昨年、シーボルトが江戸にやって来たとき、玄碩は宿泊場所を訪ね、自分が考案した穿瞳術《せんどう》のことを話した。すると、その施術方法が、イギリスの眼科医の開発した方法と同じであったことから、シーボルトが驚愕したという話が伝わっている。

その土生玄碩について眼科のことも習ったのだという。その施術で、権蔵の目を治してやった。

幻宗が眼科医の真似をしたという驚きにいまは浸っている場合ではない。

失明するという恐怖におののいていた権蔵は目が回復して感動したであろう。金などいくら出してもいいという気持ちになったのかもしれない。

「権蔵の目の治療がどうかしたのか」

幻宗は不思議そうにきいた。

「権蔵は観音の六助一味の金庫番だったそうです。盗んだ金が二千両以上は溜まっていたそうです」

「権蔵に何かあったのか」

幻宗の顔が厳しくなった。

「権蔵は一年半前、つまり目の施術から半年後に殺されたそうです」

「殺された？」

「はい。下手人はわからなかったそうです。ただ、問題は、権蔵が守っていた二千両以上の金がなくなっていたことです」

「――」

「先生は権蔵に情婦がいたのをご存じですか」

「女がついていたのは覚えている」

「その女が、当時、権蔵は目を治してくれたら、いくらでも金をあげると幻宗先生に話していたと言うのです」

「そうか。それでか」

幻宗は腕組みをして目を閉じた。

「先生、どうなんですか。権蔵から薬礼として二千両をもらったのですか」

「金などない」

「金をもらっていないのですか」

「権蔵を殺した人間はわからないのか」

質問に答えず、幻宗はきいた。

「はい。奉行所でも下手人はわからず、観音の六助一味の者も殺《や》った人間を見つけることは出来なかったそうです」

「その後、権蔵の情婦はどうした?」

「さあ」

「観音の六助も知らないのか」

「何も言っていません」

新吾は身を乗り出して、

「先生。六助の手下たちはここに二千両があると思っているようです」

「ばかな連中だ」

「ないのですか」

「あるわけがない」

「でも、奴らは先生が患者から一銭もとらずに施療院を運営していることを重大視しています。金があるからだと」

「……」

「先生。ここに金があるかどうかではなく、奴らは金があると思い込んでいます。その金を手に入れようと、強引な手立てに出てくるかもしれません」

「うむ」

幻宗は唸って腕組みをした。

すぐ腕組みを解き、

「六助に会おう。誤解を解いて、ばかな真似をやめさせる」

「それが、手下は病気の六助から離れて行きました。もう六助の威光はききません。亀七たちの居場所はわからないということです」

六助の事情を話した。

「幻宗先生」

おしんが近づいて来た。

「大部屋にこんなものが」

そういい、おしんは文を幻宗に渡した。

幻宗は受け取って文を広げた。

幻宗の顔が紅潮した。

「先生、何か」

新吾は異状を察した。

「脅迫状だ」

「脅迫状」

新吾はそれを受け取った。

文に目を落とす。

あっと、新吾も声を上げた。

五

翌日の朝、新吾は人形町の『鶴亀屋』にやって来た。

六助の寝ている部屋に行く。さらに、六助の衰えが目立った。生きているのが不思議な感じだった。

「若先生。あっしはまだくたばるわけにはいかねえ」

声にまだ力強さが残っていた。

「六助さん。きのう幻宗先生に話を聞きました。権蔵さんの目の施術をしたのはほんとうだそうです。でも、薬礼は一銭も受け取っていないそうです」

「そんなはずはねえ。現に金はなくなっているんだ」

脇から、室吉が口をはさんだ。

「幻宗先生以外の人間が金を盗んだのです」

「誰だ、そいつは？」

「わかりませんが、権蔵さんを殺した人間ではないでしょうか。権蔵さんは喧嘩で殺されたのではなく、金の件で殺されたのではないでしょうか」

「ばかな。権蔵が金を隠していることを知っているのは一味の者だけだ。外のものは誰ひとり知らないはずだ」

六助が言う。

「権蔵の情婦はどうですか」

「情婦？」

「権蔵さんは女にぽろりと漏らしたことはないでしょうか」

「まさか」

「そのとき、女にまったく疑いを持たなかったのですか」

「おとなしそうな女だった。それに、権蔵の通夜でも泣き崩れていた。微塵も疑いは持たなかった」

六助が戸惑いながら言う。

「名前は覚えていますか」

「確か、おはまという名でした」

室吉が答える。

「その後、どうしているかご存じですか」

「いや……」

六助は力なく言う。

「そもそも、権蔵さんとおはまはどこで知り合ったんでしょうか」

「おはまは王子権現《おうじごんげん》の料理屋で働いていた」

室吉が答えた。

「なんという料理屋ですか」

「さあ、名前は覚えていません。でも、行けばわかります。一度、権蔵に連れられて行ったことがあるんです」

「室吉。王子まで行ってきてくれ。おはまを捜すんだ」

苦しそうな呼吸で、六助が言う。

「わかりました」

「なんてこった。まったく無関係な幻宗に狙いを定めていたってことか」

六助が喘ぐように言う。

「なんとか、このことを亀七たちに知らせたいのですが、亀七たちの居場所を探る手掛かりのようなものは思いだせませんか。言葉の端々にでも、何かあったのではないかと思うのですが」

「深川らしいことは間違いないと思うが、詳しい場所までは」

「そうですか」

亀七たちを見つける手立てはひとつだけある。岡っ引きの睦五郎だ。ただ、しらを切るだろうことは目に見えている。それでも、幻宗ではないことをわからせれば、話は亀七にも通じるはずだ。

睦五郎を説き伏せるためにも、おはまの居場所を探っておきたい。

きのうの文には明後日の五つに、二千両を大八車に載せ、小名木川にかかる万年橋《まんねん》の袂まで持って来いという指示があった。もし、約束を違《たが》えたら、翌日の昼間、施療院に火を放つという乱暴なものだった。

昼間はたくさんの通いの患者が大部屋で診察を待っている。そんなところに、火を放たれたらたくさんの犠牲者が出る。なにしろ、亀七の仲間が通いの患者として紛れ込んでいるのだ。

厠に行くふりをして、どこかの襖や障子に火を放つこともあり得る。いっそのこと、休診にすればいいと思うが、安全が確認されるまで休診にしなければならない。

火をつけさせてはならない。そのために、権蔵から幻宗に二千両が渡ったというのは誤解であることを亀七たちにわからせなければならない。

文には町奉行所に知らせたら火を放つとも書いてあった。その威しの効き目は大きかった。幻宗は奉行所には訴えないと決めたのだ。

「じゃあ、あっしはさっそく王子へ行ってきます」

室吉が腰を浮かした。

「私も睦五郎に会ってきます」

新吾も立ち上がった。

王子に向かう室吉と別れ、新吾は深川に向かった。

睦五郎は深川を縄張りにしている岡っ引きだ。あの辺りの自身番できけば、睦五郎がどこにいるかすぐわかるだろう。

永代橋を渡り、佐賀町に差しかかった。そこの自身番で、詰めている家主に、睦五郎の居場所をきいた。

「さっきここを通りましたから、今川《いまがわ》町辺りで追いつくかもしれません」

礼を言い、自身番を飛び出す。

今川町の自身番でも同じことをきく。すると、たった今、ここに顔を出したという。

手札をもらっている南町の笹本康平《ささもとこうへい》という同心といっしょに受持ち区域の巡回をしているのだ。新吾は睦五郎を追った。

すると、小名木川縁を同心と、供の中間《ちゅうげん》と並んで歩いている岡っ引きを見つけた。

いつぞや、亀七と会っていた男だ。睦五郎に違いない。

新吾は足早になって睦五郎に追いついた。

「睦五郎親分」

新吾が声をかけると、一行が足を止めた。

同心の笹本まで振り返った。新吾が笹本に会釈をしてから、睦五郎に近づき、

「親分。ちょっとお話があるのですが」

と、声をかけた。

「なんですかえ」

睦五郎が不審そうな目を向けた。

「私は宇津木新吾と申します。幻宗先生のことでお話が」

「なに、幻宗の……。あっ」

睦五郎が険しい表情をしたのは新吾のことで何かに気づいたからか。

「睦五郎。どうした?」

笹本が声をかけた。

「いえ、なんでも。旦那、すぐ追いつきますんで」

「じゃあ、先に行っているぜ」

「へい」

笹本が去ってから、睦五郎が警戒ぎみの目を向けながら川縁に寄った。

「話ってなんですね」

「観音の六助という盗賊をご存じですか」

「聞いたことはあるが、それがどうしました?」

案の定、睦五郎はとぼけた。

「じつは、幻宗先生のところに観音の六助の一味の者から脅迫状が届きました。二千両を用意しないと施療院に火を付けるというのです」

「……」

「奴らは勘違いしているのです。権蔵という男の目を治してやった謝礼として幻宗先生が二千両をもらったと思い込んでいるようですが、まったくの誤解なのです。権蔵を殺して二千両を奪った人間は他にいるんです」

「宇津木さんと仰いましたね。どうして、そんな話をあっしに?」

「親分なら、一味の亀七という男をご存じだと思いましてね。どうしても、亀七に会いたいんです。会って、誤解だということをわからせたいのです」

「亀七なんて男は知りませんね」

睦五郎はしらを切る。

「頰のこけた目付き鋭い三十前後の男ですよ。いつぞや、親分はその男と会っていたはずですが」

「冗談を仰いましても困りますぜ。あっしはそんな男のことなんか知りませんぜ」

「親分。亀七らはありもしない金を要求し、金が用意出来なければ施療院に火を放つと言っているんです。そんなばかげたことをやめさせたいのです」

「幻宗はどこかから支援を受けておりやす。一味の者はその支援者に二千両を出させようとしているのではありやせんか」

「支援者が二千両も出せるはずはありません。権蔵からもらった金を持っていると思い込んでいるんです。幻宗先生を威したって一銭にもならない。それをわからせたいんです」

「そう仰いましてもねえ」

睦五郎は口許に冷やかな笑みを浮かべ、

「あっしはそんな連中とつきあいがありませんからね」

「親分は人形町の『鶴亀屋』という呑み屋に行ったことはありませんか。私はそこの二階で、親分が亀七や猪之吉と会っていたのを見ていました」

「……」

睦五郎の顔色が変わった。

「親分。私は親分と六助一味とのつながりをおおっぴらにしようなどとは思っていません。ただ、亀七たちの無駄な振る舞いをやめさせたいだけなんですよ」

睦五郎は顔を歪めていたが、

「わかりやした。どういうことかわかりませんが、亀七に今聞いた話をしておきます」

「お願いします」

ふっと、冷笑を浮かべ、睦五郎は去って行った。

ほんとうに、睦五郎が亀七に伝えるかどうかわからない。もうひとつ手を打っておくべきだ。

亀七に会う策はもうひとつあった。信吉だ。亀七は信吉を仲間に引きずり込もうとしている。信吉を見張っていれば、必ず亀七が現れる。

それから、新吾は浅草阿部川町の安右衛門店に向かった。

長屋に着いたのは昼ごろだったので、働きに出ていた男たちが何人か昼食に長屋に戻ってきていた。

だが、信吉はいなかった。

親方のところに行ったのかと思っていると、向かいの女房が出て来て、

「信吉さん、ゆうべから帰って来ませんよ」

と、眉をひそめて言った。

「帰っていない?」

「ええ。目付きの鋭い男がやって来て、いっしょに出て行きました」

亀七だ。とうとう亀七の誘いに乗ってしまったのか。

「どこに行ったか、わかりませんよね」

「ええ。なんだか、信吉さんも別人のように怖い顔になっていて、声をかけられなかったわ」

「信吉さんのおかみさんの実家はどこなんですか」

「山谷《さんや》のほうだと聞きましたけど」

「そうですか」

新吾は長屋を出た。

これから実家まで行き、信吉の妻女に会っても仕方ないと思った。まずは、信吉を亀七から引き離すことだ。

そのためには亀七の居場所を突き止めなければならない。岡っ引きの睦五郎は亀七の仲間だ。睦五郎を問いつめてもしらを切られるだけだ。

こうなったら、同心の笹本康平に訴えるか。自分が手札を与えている岡っ引きが盗っ人の仲間と組んで、幻宗から金を奪おうとしているのだ。

ただ、問題は笹本康平が新吾の言を信じるかどうか。睦五郎は当然、しらを切る。あの厚顔さからすれば、新吾を嘘つき呼ばわりするだろう。

笹本康平に訴えても埒《らち》があかないような気がした。

最後に残された機会は、明日の夜の万年橋だ。大八車に二千両を積んで万年橋まで持って来いという指示だ。

そこには亀七が現れる。そこで説得するしかない。だが、金を持っていかなかったことで、亀七はだまされたと思うだろう。そこでいくらほんとうのことを訴えても、言い訳としか受けとめられないかもしれない。

権蔵の情婦だったおはまが怪しいという証拠が必要だ。たとえば、おはまはいまはいい暮らしをしているとか……。

板橋まで行った室吉がおはまの行き先を摑んで来てくれることを祈るばかりだった。

新吾は蔵前《くらまえ》から浅草御門を抜けた。

人形町通りにある『鶴亀屋』にやって来た。まだ、室吉が引き返してくるには早い。

新吾は中に入った。

室吉が頼んだ看病の婆さんが台所にいた。

奥の部屋に行くと、六助が目を開けて待っていた。

「若先生」

声にまだ力があった。気力が持ちこたえさせているようだった。

「いやな夢を見ました」

六助が呟く。

「信吉が亀七といっしょになって俺に殴り掛かってくるんです。その信吉の顔が若い頃の俺になっていた。最後は、若い頃の俺がいまの俺を殴っていた……」

昂奮《こうふん》してきたのか、呼吸が荒くなった。

「夢は夢ですよ。現実とは関わりありません」

新吾は気にしないように言う。

「報いですよ。さんざん悪いことをしてきた報いがいま襲って来た。若先生、信吉には会えなかったんじゃないですかえ」

「ええ。でも、必ず、信吉さんを守ってみせます」

「先生。人間って、必ず帳尻が合うようになっているんですねえ。手下にも裏切られて、ざまがねえ」

「まだ、希望を捨ててはいけません」

「へえ」

だんだん部屋の中が暗くなってきた。

「室吉さん、遅いですね」

「手間取っているんでしょうか」

六助が気にした。

「板橋まで距離がありますから」

「そうですね」

夜まで待ったが、室吉は帰って来なかった。

婆さんは住み込みだというので、何かあったら知らせるように言い、新吾は六助の家を出た。

途中、やけに月が黄色く輝いていた。その月を叢雲《むらくも》が隠すと、辺りは闇に包まれた。

なんとなく、不吉な思いを感じながら小舟町の家に帰って来た。

第四章　背後の敵

一

朝陽《あさひ》を照り返し、川面《かわも》が輝いていた。穏やかな光景は、日本橋川にかかる江戸橋の袂では一変した。新吾は大きく深呼吸をした。同心や岡っ引きが動きまわっている。

同心は漠泉に紹介された津久井半兵衛だった。

川に浮かんでいた死体は岸に上げられていた。新吾はひとをかき分けて前に出た。

「津久井さま」

新吾は声をかけた。

「あなたは宇津木どの」

半兵衛は怪訝そうな顔をした。

「はい。ちょっと、顔を拝ませていただいてよろしいでしょうか。もしかしたら、知っているひとかもしれません」

日本橋川に男の死人が浮かんでいたと棒手振りから聞いて、まさかと思いながら駆けつけたのだ。

「いいでしょう」

半兵衛は岡っ引きに顎をしゃくって合図を送った。

新吾はホトケのそばに行く。岡っ引きが莚《むしろ》をめくった。新吾は顔を覗き込んだ。

半開きの口から黒ずんだ歯が覗いていた。

「室吉さん」

新吾は愕然とした。

心の臓を刺されていた。死後半日近く経っていることがわかった。

「知っているんですね」

半兵衛がきいた。

「先日、お話しした人形町通りにある『鶴亀屋』という居酒屋の主人の室吉さんです。そこに世話になっている六助さんの往診をしています」

「『鶴亀屋』に怪しい人間が出入りをしていたということでしたね」

「いえ。それは津久井さまが仰ったように単なる客だったかもしれません」

「室吉の身内は？」

「独り者ですから。家には、六助という病人がいるだけです」

「あとで、そこに行ってみます」

半兵衛が言う。

新吾はその場を離れ、まっすぐ人形町に向かった。

『鶴亀屋』の裏口から入り、奥の部屋に行く。

六助は目を開けていた。

「若先生、こんな早い時間に何かありましたか。ゆうべ、とうとう室吉が帰って来なかった」

「六助さん。驚かないでください。室吉さんが殺されました」

「なんですって」

六助は目をいっぱいに見開いた。

「江戸橋の袂で、心の臓を刺されて」

「室吉が……」

「おはまを捜し当てた結果なのかどうかはわかりません。ですが、その可能性は高いと思います」

「権蔵を殺して二千両を横取りした男に殺《や》られたのだ」

「もうすぐ、同心がやって来ます。六助さんのことは、室吉さんの若いころからの知り合いとだけ言ってあります」

「二千両の件は黙っていてくれ」

「わかっています。六助さんは眠った振りをしていてください」

「へえ」

手伝いの婆さんがやって来た。

「お奉行所です」

「お通しして」

「はい」

婆さんが部屋を出て行った。

しばらくして、津久井半兵衛と岡っ引きが入って来た。寝ている六助の姿を見て、岡っ引きが不快そうな顔をした。

「ご覧のように病気で臥《ふ》せっております」

新吾は半兵衛に言う。

「話が出来ますか」

「ほとんど半睡状態です。室吉さんの死んだことも理解出来ていないと思います」

「じゃあ、室吉がゆうべどこに出かけたのかわからないのですね」

「わからないと思います」

枯れ木が横たわっているような六助の体を見れば、新吾の言い分をそのまま信じてしまうに違いない。

六助への質問を諦めた半兵衛は手伝いの婆さんにきいた。

「室吉がどこに行ったのかわからないか」

「はい。私はきのうから頼まれてやって来ただけですから何もわかりません」

婆さんはおろおろして答えた。

おはまという女のところに行ったと話せば、半兵衛は王子権現まで行き、たちまち室吉の行動を調べあげるに違いない。

しかし、おはまに会ったとしても、半兵衛には追及する材料がない。おはまにとぼけられれば、それきりだ。

婆さんへの質問を諦め、半兵衛は新吾に顔を向けた。

「宇津木どのは先日、この店の二階に、怪しげな男たちが集まっていたと話していましたね。そして、幻宗先生のところから金を奪おうとしていると」

「そうです。睦五郎という岡っ引きもいっしょでした。睦五郎は何か知っているはずです。睦五郎から聞き出してください」

「まあ、あとできいてみましょう」

半兵衛は気乗りしない態度で答えた。自分が手札を与えているわけではなくても、岡っ引きを疑うことに気分を害しているのかもしれない。

「順庵先生は六助のことを詳しく知っているでしょうか」

半兵衛は睦五郎のことから話を逸らすようにきいた。

「いえ。あまり知らないと思います」

「そうですか」

半兵衛は引き上げようとした。

「お待ちください。室吉さんの亡骸《なきがら》はもう引き取ってよいのでしょうか」

「検使は終わっています。もういいはずです」

「わかりました」

信吉のことを話したはずだが、半兵衛は口にしなかった。覚えていないのだ。新吾の話をいい加減に聞いていた証拠だ。

あのとき、こっちの話に耳を傾けてくれたら、事態は違ったほうに向かっていただろう。そう考えると、腹立たしい気もするが、六助の正体を知ったいまはへたに町方に踏みこまれたくないという気持ちもあった。

「私が家主さまにお話しして参ります」

半兵衛が引き上げたあと、婆さんが言う。

「出来たら通夜とお弔《とむら》いをどこぞの寺でやってもらうように話してくださいませんか」

病床の六助のことを慮《おもんぱか》って、新吾は言った。

「若先生。あっしへの気配りなら構いませんよ。あっしもすぐにあとを追うんですから」

六助が声をかけた。

「でも、ひとが出入りをしますから」

「室吉を送ってやりてえんですよ。室吉とは若いころからずっといっしょでした。あっしより歳上なのに、おかしらと言って、あっしを立てて……」

六助は嗚咽《おえつ》を漏らした。

「わかりました」

新吾は婆さんに向かって、

「では、家主どのには通夜と弔いをここでやるということをお伝えください」

「はい」

婆さんは出て行った。

「室吉には可哀そうなことをした。俺がこんな体にならなければ……。いってえ、誰が」

「私が調べてみます。室吉さんが辿った道を行けば必ず下手人にぶち当たります。これから板橋に行って来ます」

「若先生、頼みます」

六助は縋《すが》るように言った。


新吾は本郷《ほんごう》通りから森川《もりかわ》宿を抜け、駒込追分《こまごめおいわけ》をそのまままっすぐ進む。

やがて、西《にし》ヶ原《はら》村から飛鳥《あすか》山へとやって来た。すっかり葉桜になったが、盛りには花見客でごった返すところだ。

音無《おとなし》川を隔てて対岸にある王子権現は、今も人出が多く賑やかだ。

飛鳥山の麓《ふもと》には料理屋が並んでいる。室吉は料理屋に当てがあったが、新吾は片っ端からきいていかなければならなかった。

ただ、権蔵は金を持っていたのだ。だから、大きな料理屋だろうと見当をつけた。

そして、最初に黒板塀に囲われた大きな門構えの料理屋に入った。

「私は客ではありません」

迎えに出た女将《おかみ》らしき女にまず断ってから、

「きのう、室吉という男が、おはまという女中に会いに来ませんでしたか」

と、訊ねた。

「いえ、来てません。それと、うちにはおはまという女中はおりません」

「二年ほど前に働いていたそうです」

通りかかった年配の女中の耳に入ったのか、

「おはまさんは、うちの隣の『大和屋《やまと》』さんにいましたよ。確か、一年以上前にやめたみたいですけど」

「『大和屋』ですね。助かりました」

新吾は礼を言い、玄関を出た。

『大和屋』も立派な門構えの料理屋だった。新吾は女将に会って、おはまのことを訊ねた。やはり、きのう室吉がやって来たと言った。

「で、おはまさんはいま、どちらに？」

「本材木町《ほんざいもく》二丁目にある『加賀屋《かが》』という小間物屋のご内儀《ないぎ》さんになっています。高級な簪《かんざし》、笄《こうがい》、櫛などを扱っているお店ですよ」

「そのことは室吉というひとにも話したのですね」

「はい」

「ご亭主はどういうひとですか」

「小間物の行商をしていました。清次郎《せいじろう》という渋い感じのひとでした」

「確か、おはまさんは権蔵という男と親しかったとお聞きしましたが」

「ええ。権蔵さんはおはまに夢中でした。でも……」

女将は思わせぶりに笑った。

「権蔵とつきあいながら、清次郎とも親しくしていたのですね」

「まあ、そうですね」

「なるほど」

新吾はさらにきいた。

「権蔵さんはどんなひとだったのですか」

「紙の仲買人で、結構羽振りのいい御方でした。ですから、おはまも権蔵さんを無下にできなかったんでしょうね。目の病気のときはよく看病に出かけていましたよ。でも、権蔵さんがあんなことになって……」

「権蔵さんは殺されたそうですね」

「ええ。そのあとですよ、おはまがやめて行ったのは。それから、三月《みつき》ぐらいしてから、清次郎さんと所帯を持ったんです。ふたりで、お店を開いたと挨拶に来ました。もちろん、商売っ気を出していましたけどね」

女将は苦笑した。

新吾はおはまのことに思いを馳《は》せながら帰途を急いだ。

おはまに惚れていた権蔵は歓心を買おうとして金のあることを言いふらしていたのではないか。だから、権蔵が目の病気に罹ったときにも看病に出かけたのだ。そして、住まいの百姓家の離れで、おはまは二千両のことを知った。

そのことを清次郎に話し、ふたりで金を奪うことを考えた。なんらかの理由を作って、権蔵を板橋宿に誘き出して殺した。

権蔵の仲間には目を治してくれた医者に全財産をやったらしいと、おはまはもっともらしく吹聴したのだ。

そして、奪った二千両で、ふたりは本材木町二丁目で小間物の店を持った……。

そこに突然、室吉が現れた。店を持つ金をどうしたのかと問われ、さらに観音の六助一味が二千両を奪った人間を捜していると聞かされたおはまと清次郎は身の危険を感じて室吉の口を封じた。

そういうことだと考えた。このまま、おはまのところに行きたかったが、その前に幻宗のところに行かねばならなかった。

亀七たちとの取引は今夜だった。

深川常盤町二丁目に着いたとき、すっかり辺りは暗くなっていた。

幻宗は大八車を用意していた。二千両を積んだふうを装うように莚がかかっていた。ともかく、相手に出てきてもらわねば、説き伏せることも出来ないのだ。

「先生。私が牽《ひ》いて行きます」

「よし、頼もう」

「はい」

約束は五つだ。その四半刻（三十分）前に、幻宗と新吾は出発した。おしんと三升、それに下男、下女たちが心配そうに見送る中、新吾は大八車を牽いて万年橋に向かった。

夜の静寂に大八車の車輪の音が轟いた。

小名木川に川船が走っていた。提灯の明かりが川面に照り返している。亀七たちは千両箱を期待して船でやって来るに違いない。

金がないとわかったとき、亀七はどう出るか。岡っ引きの睦五郎から話が伝わっていれば、自分たちの勘違いを知り、思い直すかもしれない。

万年橋にやって来た。この先で、小名木川は大川に注いでいる。暗がりに大八車を止め、幻宗が橋の袂に立った。

橋を渡って来る男がいた。男はそのまま行きすぎた。しばらくして、反対方向からも男がやって来たが、別人だった。

もう五つを過ぎている。睦五郎の話を聞き、幻宗が金を持っていないことがわかったのだろうか。

そう思っていると、ふと黒い影が現れた。

「幻宗先生ですね。約束のものを頂戴しましょうか」

亀七だと思った。その背後に少し離れてもうひとりいた。顔は影になってわからない。

「その前に、仲間の通いの患者を教えてもらおう」

「金さえもらえば、もう先生のところには行きませんよ」

「信用しろというのは無理だ。通い患者になりすましているのは誰だ？　猪之吉という男以外にもいるのか」

「さあ」

「言うのだ」

「金が先ですぜ」

亀七の背後の暗がりから数人の男が飛び出し、大八車に向かった。

「待て」

幻宗が声を張り上げた。

「そなたたちは、わしが目を治した謝礼として権蔵から二千両を受け取ったと思い込んでいる。そうだな」

「そうじゃないんですかえ。あっしは、権蔵兄いから聞きましたぜ。失明するかもしれないと怯えていた兄いはこう言っていたんだ。この目を治してくれたら、その医者に全財産をやってもいいって。もっとも、権蔵兄いは俺たちのぶんもやってしまったんですがね」

「人間は絶望にあるときは、誰もがそう思うものだ。救ってくれるのなら、全財産をやってもいいとな。だが、いざ助かると、とたんに金が惜しくなる。そんなことを言ったことさえ忘れてしまう。そうだとは思わぬか」

「何の話をしているのか、さっぱりわかりませんぜ」

「権蔵が、目を治した医者に二千両の金をやるような男だと思っているのか」

「現に、金がなくなっていた」

「睦五郎親分から聞きませんでしたか」

新吾が出て言った。

「また、しゃしゃり出てきたんですかえ」

亀七が口元を歪めた。

「権蔵さんが隠していた二千両は幻宗先生には渡っていない。そう、睦五郎親分に話し、亀七さんに伝えてもらうように頼んだのですが」

「てめえたち。まさか、金を持って来てねえのか」

亀七が、背後の者に、おいと声をかけた。

ひとりが大八車に向かった。

「金はありませんぜ」

男は荷台の莚をめくって言う。

「約束を破ったな」

「待て」

幻宗が手を差し出して押しとどめた。

「わしは権蔵が二千両も持っていたなど知らなんだ」

「ふん。しらばくれても無駄だぜ。じゃあ、幻宗先生よ。どうして、患者から金をとらずにやっていけるんだ。金があるからやれるんじゃねえのか」

亀七は怒りの籠《こ》もった声で言う。

「だが、権蔵の二千両ではない」

「じゃあ、どこから金をもらっているんだ？」

「言えぬ」

「ちっ。そんな嘘にひっかかる俺様だと思っているのか」

「嘘ではない」

新吾は声を放った。

「よいか。あのとき、権蔵には女がいたはずだ。『大和屋』という料理屋で働いていたおはまという女だ」

「……」

「おはまには権蔵以外にも間夫がいたんだ。どうして、その女に疑いを向けなかったのだ？　どうして幻宗先生に渡ったと思ったのだ？　そんな簡単におはまの言葉を信用したのか」

新吾は迫った。

「おはまの言葉だけじゃねえ。眼科医だ。板橋宿にある赤城《あかぎ》松石《しょうせき》という目医者が、幻宗が二千両の謝礼を受け取ったと言っていた」

「赤城松石？」

「権蔵は赤城松石に目を診てもらっていた。だが、だんだん見えなくなっていたんだ。そんなときに、幻宗が現れた」

「そうだ。わしは赤城松石の屋敷で権蔵の施術をした。だが、どうして赤城松石が権蔵が二千両を持っていることを知っていたと思うのだ？」

幻宗が問い返す。

「他にもまだ、証拠はあるんだ」

亀七が言う。

「なんだ？」

「百姓家の主人が、権蔵の住んでいる離れから幻宗が大八車で何かを運んで行くのを見ていた」

「それはわしではない」

幻宗はきっぱりと言う。

「言い逃れか」

「おそらく、おはまに金をもらって嘘をついたのだ」

新吾は亀七の前に進み出て、

「もう一度、おはまのことを調べたらどうだ?」

「時間稼ぎか」

「違う。室吉さんが今朝、死体で見つかった」

「……」

「きのう、おはまのことを調べに行ったきり、帰って来なかった。きのうのうちに殺されていた。いいですか。あなた方はおはまに騙されてきたのですよ」

「わかった。調べてみよう。もし、嘘だったら、今度こそ容赦しねえ」

「信吉さんはどこだ?　この中にいるのか」

しかし、返事はなかった。亀七は仲間に合図をし、暗闇に消えた。舟の櫓《ろ》の音が聞こえた。

「愚かだ。欲に目が眩み、物事の本質が見えなくなっている」

幻宗は吐き捨てた。

そのとき、地を蹴り、小名木川沿いを走って来る人影に気づいた。こっちに向かって駆けて来るのが三升だと気づいた。

「三升さん、どうしました？」

「たいへんです。おしんさんがかどわかされました」

「なに」

幻宗が目を剝いた。

「いきなり、頰被りをした数人の男がやって来て、おしんさんを連れ去りました。町奉行所に知らせたら、命はないと」

「しまった」

幻宗が唸り声を発した。

「わしとしたことが……」

幻宗は天を仰いで叫んだ。

二

幻宗の家に戻った。

下男や下女たちが呆然としていた。

「不覚だった。わしの責任だ」

幻宗が肩を落として言う。

「幻宗先生の責任ではありません。私も迂闊《うかつ》でした。亀七を説得することばかりにとらわれ、こういうことまで気がまわりませんでした」

新吾も胸をかきむしるように言う。

「先生、おしんさんはだいじょうぶでしょうか」

三升が泣きそうな顔で言う。

「何か目的があってのことだ。そのための人質だ。おしんの身に危害が加えられる心配はない」

幻宗は厳しい表情で言う。

しばらく重たい沈黙が続いた。

「なぜだ」

幻宗が突然叫んで立ち上がった。

新吾は濡縁に出た幻宗を追う。

「なぜだ」

暗い庭を見つめ、幻宗はもう一度叫んだ。

「金を受け取るつもりだったのに、なぜ、おしんをかどわかしたのか」

「私です。私が岡っ引きの睦五郎によけいなことを話したのがいけなかったのです」

睦五郎から話を聞いた亀七は二千両が幻宗のもとにないことを知り、急遽《きゅうきょ》、作戦を変えたのではないか。しかし、万年橋での亀七は金を受け取る気でいた。

「違う。そんなことではない」

幻宗はいらだったように言う。

「先生、いまこんなものが投げ込まれました」

三升が文を持ってやって来た。石をくるんで投げ込んだようだ。

幻宗はさっと目を通し、新吾に寄越した。

「明日の暮六つ、幻宗ひとりにて向島《むこうじま》小梅《こうめ》村にある弘源寺《こうげんじ》に来い。施療院の支援者の名と引き換えにおしんを返す」

新吾は声を出して文を読んだ。

「わからん。何を考えているのだ」

幻宗がまたも唸るように叫ぶ。

「わしが教えるとでも思っているのか。ばかな」

幻宗はひとりごとのように吐き捨てた。

はっと気づいたように、幻宗は新吾に顔を向け、

「そなたはもう帰られよ」

と、怒ったように言う。

「でも」

「いや。あとはわしの問題だ」

「でも、いけません。ひとりで行ってはなりません。私も行きます」

「いや。おしんの命がかかっている。わしひとりで行く。みなは、もう休め」

幻宗は三升たちに言い、寝間に向かった。

新吾はいったん引き上げることにした。それに、今夜は室吉の通夜が行われているのだ。

『鶴亀屋』に行くと、町の衆や馴染み客などで湯灌《ゆかん》をすませ、土間に置かれた棺桶の前で酒を酌み交わしていた。

奥で寝ている六助の身を案じて、店の土間で通夜を執り行ったようだ。

「さっき、順庵先生がいらっしゃいました」

家主が教えた。

「そうですか」

父は室吉とは顔なじみになっていたのだ。

線香を上げてから、新吾は六助のところに行った。

眠っていたら、すぐに引き上げるつもりだったが、気配に気づいて六助が目を開けた。

「読経の声が、まるであっしの供養をしてくれているようでした」

「六助さん。権蔵さんから二千両を奪ったのはおはまと間夫の清次郎に違いありません。ふたりは権蔵さんを殺し、権蔵さんが幻宗先生に支払ったように見せかけたのです。おはまと清次郎は盗んだ金で、本材木町二丁目に小間物屋の店を構えたんです。室吉さんはそれに気づいたため、清次郎に殺されたのに違いありません」

「そうか……。権蔵が死んでから、あっしたちは幻を追っていたってわけか」

「そうです。まったく無関係の幻宗先生を捜していたんです」

「ばかなこった」

六助は自嘲ぎみに笑った。

「亀七たちはまだ幻を追っているのか」

「それが……」

「何か」

「幻宗先生のところの娘を誘拐し、支援者の名を教えるように要求して来ました」

「支援者の名？」

六助は目を天井を見つめた。

しばらくして、六助が言う。

「亀七や猪之吉らしくねえ」

「らしくないとは？」

「支援者の名を聞いてどうしようっていうのだ。そんなまどろっこしい真似をなぜ
……」

「小梅村の弘源寺を知っていますか」

「いや、知りません」

「そうですか」

何かが変だ。

それが何かわからない。

その夜、新吾は六助のそばで夜を明かし、明け方家に帰った。

「いったい、何をしていたのだ？　心配したぞ」

順庵が飛び出して来て言う。

「すみません。通夜に立ち会って」

「そうか。それより、眠くないのか」

「はい。少し眠りましたから」

新吾は朝餉をとってから、すぐ出かけた。

新吾は本材木町二丁目の小間物屋『大和屋』にやって来た。

大戸はまだ閉まっていた。潜り戸を叩く。だが、返事はない。裏口にまわった。そこも閉まっていた。

再び表にまわった。大戸の前で、少し待つつもりだった。

並びの下駄屋が店を開いた。そこの主人らしい男が出て来て、

「しばらくお休みするそうですよ」

と、声をかけてきた。

「休み？　何かあったのでしょうか」

「親戚に不幸があって、ふたりで出かけました」

あっと、声を上げそうになった。逃げたのだ。

「場所がどこか、わかりませんか」

「いえ、聞いてません」

室吉を殺して、危険を察し、素早く逃げたのだろう。ほとぼりが冷めるまで帰ってこないつもりか。

この件はあとは町奉行所に任せるしかない。しかし、今は話せない。

人質にとられたおしんの身の安全を図らねばならないのだ。

本材木町二丁目から浅草の阿部川町にやって来た。やはり、信吉は帰っていない。

亀七といっしょにいるのだ。

新吾は大家の家に行った。

でっぷり肥った二重顎の大家に、新吾は素性を名乗ってから、

「信吉さんのおかみさんの実家をご存じではありませんか」

と、きいた。

「このままでは信吉さんはだめになってしまいます。信吉さんを立ち直らせられるのはおかみさんしかいないのではないでしょうか」

「そうですが、おきよさんは、ああ、信吉のかみさんですが、おきよさんは信吉が自堕落になったのを自分の責任だと嘆いていました。だから、自分がいないほうがいいと思って出て行ってしまったんですよ」

「なぜ、自分の責任だと？」

「信吉は手に怪我をしてしまい、働けなくなりました。怪我が治ったと思ったら、今度はおきよさんが病気に罹ってしまい、高い薬を買うために、実家から金を借りました。おきよさんの病気は治ったが生まれたばかりの子がいて金がかかる。それで、おきよさんはさらに実家から金を出してもらおうとしたが、信吉はそれは出来ねえと言い出したんです。じゃあ、私が働きに出る、とおきよさんが言うと、女房を働かせたら男がすたるとわけのわかんないことを言い出して。それで金貸しから金を借りて、あげく借金が膨らんだんです。ようするに、奴は見栄っ張りなんだ。そのあげく、この世に神も仏もねえと、信吉はすっかり腐っちまった。なんでもひとのせいにしやがって。こうなったのもおめえが病気になんかなるからだ、おめえはとんだ疫病神だとおきよさんに向かって言いやがった。それで、おきよさんは出て行ってしまったんですよ。私がいたんじゃ、信吉さんはだめになってしまうとね」

「で、いまは借金は？」

「おきよさんの実家の方で肩代わりをしてくれたんですよ。信吉と別れるという条件つきでしてね。だから、もうおきよさんが信吉のところに戻ることはありません」

「でも、このままではほんとうに信吉さんはだめになってしまいます。信吉さんを救えるのはおきよさんだけです。実家を教えていただけませんか」

「さあ、どうでしょうか。おきよさんだってすっかり信吉に愛想を尽かしているでしょうし、向こうの親御さんだって許さないでしょう」

「でも、自分がいないほうが信吉さんのためだと思って出て行ったのではないのですか」

「ほんとうに愛想を尽かしたんですよ」

「だめでも、おきよさんに会ってみます。信吉さんは立派な腕を持っているそうではないですか。このままではもったいないと思います」

このままでは盗っ人の仲間になってしまうとは言えない。

「でも、だめだと思いますよ。じつは、私も戻って来るように言いに行ったことがあるんです。でも、だめでした」

「それでも、行ってみます」

新吾は懸命に訴える。

「わかりました。おきよさんの家は吉原《よしわら》の近くの元吉《もとよし》町です。紙漉《かみす》き職人の娘です」

場所を詳しく聞いて、新吾は山谷に向かった。

田原町から浅草《せんそう》寺の横を浅草田圃《あさくさたんぼ》に出て、日本堤《にほんづつみ》を吉原に向かう衣紋《えもん》坂と逆の道を下った。

田地を抜けると元吉町の町並みに出た。おきよの家はすぐにわかった。

広い土間を覗くと、職人が紙漉き船に漉き桁《けた》を入れて、煮てどろどろになった中の楮《こうぞ》をすくい取っている。また、別の職人はまとまった紙を莚で包み込んでいた。

「何か」

紙の束を結わいている男が声をかけた。

「おきよさんはいらっしゃいますか」

新吾はきいた。

「どちらさまで?」

「宇津木新吾と申します。信吉さんのことで参りました」

「少々、お待ちください」

男は奥に行った。

しばらくして、二十歳を出たぐらいの女がたすきをした姿で出て来た。

「おきよですが」

訝しげに口を開いた。

「外に出ていただいてよろしいですか」

新吾は外に誘った。

たすきを外して、おきよがついて来た。

畑のほうに向かい、人気のない場所で、新吾は立ち止まった。

「用向きはおわかりかと思いますが、信吉さんのところに戻ってやっていただけないかと思いまして」

新吾は切り出したが、おきよは冷やかな声で、

「あのひとはもうだめです」

と、答えた。

「いえ、あなたがそばにいればきっと立ち直ると思います」

「無理です。私といっしょにいるときに仕事をしなくなってしまったんですから。私

のことを疫病神と思っているんです」

「ほんきで思っているわけではありません。あなたが疫病神なら、いなくなった今はよくなっていなければおかしいではないですか。いまは、もっと悪くなっています」

「そうですか。やはり、立ち直ることは出来ないんですね」

おきよは突き放すように言った。

「このままでは、信吉さんは手が後ろにまわるようなことをするかもしれません。それを救ってやれるのはあなたしかいません」

「自業自得じゃないんですか」

「信吉さんの父親のことをご存じですか」

「いえ。赤子のときに死んだと聞いていますけど」

「じつは生きていたんです」

「……」

「父親だと名乗り出なかったわけは、やくざな生き方をしてきたからだそうです。そんな人間が父親だと名乗り出たら迷惑がかかる。そう思っていたそうです」

六助が盗っ人だということは隠した。

「でも、いまは病気に罹り、余命幾ばくもありません。自分の死期を悟った父親が最後に一目信吉さんに会いたがっているのです。ですが、信吉さんは反撥して会おうとしません。それどころか、盗っ人の仲間に加わろうとしているのです」

「まあ」

「いまなら、間に合います。なんとか、信吉さんが悪の道に入るのを阻止したいのです。それにはあなたの力が必要なのです」

「もう、あのひととはやっていけません」

「嫌いになったのですか」

「……」

「まだ、信吉さんへの想いがあるなら、どうか信吉さんの助けになってやってください」

「ごめんなさい」

耳を塞ぐように、おきよは踵を返した。

「待ってください。今夜しかありません」

新吾が声をかけると、おきよは足を止めた。

「信吉さんは、盗っ人一味といっしょにいます。長屋にはいません。信吉さんに会えるのは今夜しかありません。暮六つに、小梅村の弘源寺という寺にやって来ます。今夜を逃せば、もう信吉さんは違う道を歩いて行くようになります。お天道様の下を歩けなくなるでしょう」

新吾の言葉を無視して歩き出したが、数歩行っておきよの足取りが乱れ、よろけた。

「いっしょに行ってくれますね」

新吾は近づいて声をかけた。

「無理です」

そう言い、意を決したように、おきよは足早に去って行った。新吾は虚《むな》しく見送るしかなかった。

三

夕焼けが徐々に薄くなり、辺りは薄暗くなってきた。

弘源寺は田畑の中にぽつんとある荒れ寺だった。住職が仏像を売り払って逐電《ちくてん》したあと、新しい住職のなりてがないまま荒れ果てていったようだ。

朽ちかけた山門を、幻宗はくぐった。少し離れてついて来た新吾は山門の陰に身を隠し、境内に目を配った。

幻宗が本堂の前に立ったとき、ちょうど鐘の音が聞こえた。どこぞの寺の鐘が暮六つを告げている。

新吾は暗がりにまぎれ、山門をくぐり、植込みに身を隠し、様子を窺う。ふと、本堂の扉が開いた。

回廊に、亀七が現れた。

「おしんはどうした?」

幻宗が声をかける。

「まず、こっちの要求に応えろ」

「その前に教えてもらいたい。なぜ、そんなことを知りたがるのだ?」

「あれだけの支援をしているのだ。かなりのお大尽とみた。その身代は、二千両どころではないだろう」

亀七が含み笑いをした。

「嘘だな」

「なに?」

「そのお大尽の名を知ったところで、おぬしたちが太刀打ち出来る相手かどうかわからぬではないか。そんな当てもないことに賭けたのか」

「ふん。そんな心配はいらねえ。さっさと支援者の名を言え」

「その前に、おしんを引き渡してもらおう」

「言えば、すぐ放す」

「だめだ。放すのが先だ」

「おめえが支援者のことで嘘を言うかもしれねえ。おめえの話がほんとうだとわかったら、返してやる」

「では、その前に、おしんの無事な姿を見せろ」

「いいだろう。おい」

背後の扉が開き、さるぐつわをかまされ、縛られたおしんが現れた。その縄尻を持っているのは信吉だった。さらに、おしんの脇に、匕首を握った猪之吉がいた。

「さあ、話してもらおう」

亀七が急かす。

「わかった」

幻宗が応じた。

新吾も聞き耳を立てた。幻宗の支援者には興味があった。

「支援者はおらん。しいて言えば、権蔵だ」

「なに」

亀七が昂奮した。

「ふざけやがって」

「聞け。眼病に罹った権蔵から目を治してくれたら二千両をやると言われたのだ。そのとおり、治してやったら感激して喜んで二千両を出した。その金を運ぶのを手伝ってくれたのがおはまと間夫の清次郎だ」

「いい加減なことを」

「聞け。その金の一部をふたりにやり、金の保管をしてもらった。金は本材木町二丁目の『大和屋』にある。そこから、必要に応じて金を引き出してきた」

まさかと、新吾は耳を疑った。幻宗がおはまと清次郎とつるんでいたなんて嘘だと、新吾は思った。

「嘘だ」

「嘘ではない。俺が二千両を手にしたというおまえたちの想像は外れていなかった」

「では、なぜ、きのう金を持ってこなかったのだ？」

「ふたりが拒否した」

「なに？」

「ふたりが払うのをいやがった。だから、持ってこられなかったのだ。それに、金があるのは本材木町だ」

「いい加減なことを言いやがって」

「なぜ、嘘だと思うのだ。『大和屋』に行ってみたのか」

「……」

「さあ、おしんを放せ」

幻宗が本堂に一歩近づこうとした。

「動くな」

猪之吉がおしんの喉に匕首を近づけた。

ふと、本堂の陰から数人の黒い影が現れた。いつぞやの浪人ふたりを含む五人だ。遊び人ふうの男もみな匕首を構えていた。

五人は幻宗のもとに駆け寄り、取り囲んだ。

「幻宗。歯向かったら、女を殺す」

「汚いぞ」

幻宗は怒鳴る。

浪人のひとりが抜刀した。新吾は植え込みをまわり、徐々に本堂に近づく。

浪人が幻宗に斬りつけた。幻宗は身を翻して剣を避けた。

「幻宗。おとなしくしろ。女がどうなってもいいのか」

亀七が喚《わめ》く。

亀七らが幻宗のほうに気をとられている隙を狙い、新吾は脇の階段から回廊に駆け上がり、猪之吉のもとに突進した。

まず、猪之吉を背中から突き飛ばすと、悲鳴を上げて階段を転げ落ちた。あっという驚愕の眼差しで、信吉が顔を向けた。

新吾は素早くおしんの体を引き寄せ、亀七と対峙した。

「てめえ」

亀七が匕首を抜いた。信吉はおろおろしている。

「信吉さん。どくのだ」

新吾が怒鳴ると、信吉はあわてて壁に寄った。

「亀七。おまえの目的は権蔵が持っていた金を奪い返すことではなかったのか」

「知れたことをきくな」

亀七は匕首を構えた。

「いや、おまえの目的は金ではない。幻宗先生の支援者の正体を探ることにあるようだ。なぜだ？」

「死ね」

亀七が突進してきた。

新吾はとっさに体をかわし、亀七の匕首を持った手首を摑んだ。そして、ひねりあげた。痛っと叫び、亀吉は匕首を落とした。

「岡っ引きの睦五郎はどうした？」

「知らねえ」

「知らぬはずはない。言うのだ」

「うっ」

と、亀七は悲鳴を上げた。

「このやろう」

猪之吉が階段を上がって来た。

「無駄な抵抗はやめろ」

新吾は境内を指さした。

「あれを見ろ」

「なに」

猪之吉が階段の途中で振り返った。

幻宗が大柄な浪人を投げ飛ばしたところだった。周辺に四人の男がのたうちまわっていた。

新吾はおしんの縄を解いてやった。

「怪我は？」

「いえ」

おしんは首を横に振った。

幻宗が階段下までやって来た。

「おしん。だいじょうぶか」

「はい。だいじょうぶです」

おしんが元気な声で答えた。

「先生、岡っ引きの睦五郎がいません。睦五郎もこの連中の仲間なんです」

「あっしはここにいますぜ」

突然、大きな声がした。

山門のほうからいくつもの提灯が近づいてきた。その先頭にいる中のひとりが睦五郎だった。笹本康平という南町の定町廻り同心もいっしょだ。提灯を持っているのは町奉行所の小者だ。

「亀七、猪之吉、それから他の連中も大番屋まで来てもらおう」

笹本康平が十手を見せて叫ぶように言う。

「よし。縄をかけろ」

康平の合図で、睦五郎たちが階段を駆け上がり、亀七たちに襲いかかった。

「てめえ、俺たちをだましやがって」

亀七が睦五郎に唾を吐きかけた。が、睦五郎には届かなかった。

「往生際が悪いぜ」

睦五郎が亀七に冷たく言う。

たちまち全員に縄がかけられた。

「おまえは?」

回廊の隅で震えている信吉に康平が声をかけた。

「このひとは違います」

「いや、亀七といっしょに行動していた。いっしょに来てもらおう」

睦五郎が信吉に言う。

「親分。どういうことなんですか」

新吾は睦五郎にきいた。

「何がだ？」

「亀七といっしょに行動していたというなら、親分だってそうではないか。『鶴亀屋』にもいたのを私は見ている」

新吾が言うと、康平が口をはさんだ。

「内偵だ」

「内偵？」

「そうだ。あえて、亀七たちに近づけさせたのだ」

「どういうことか聞かせてもらいましょう」

幻宗がそばにやって来た。

「観音の六助一味の亀七を偶然、町で見かけた。あとをつけると、幻宗先生のところに行った。幻宗先生に何かしようとしていることに気づいたのだ。そこで、睦五郎を近づかせた。六助をはじめ、一味を一網打尽にするためだ。睦五郎は仲間になった振りをして、捕らえる時機を見ていたのだ。ほんとうに仲間になったのではない」

康平は言い、さらに続けた。

「もう心配はない。あとは我らに任せてもらおう。『大和屋』の清次郎とおはまの行方を追っている。いずれ捕まる」

「待ってください。信吉さんは亀七に誘われはしても、仲間になったわけではありません。どうか、お目溢《めこぼ》しを」

「だめだ」

睦五郎が口をはさんだ。

「信吉はかみさんに逃げられ、自棄になって亀七の誘いに乗ったのだ。ここで解き放しても、いずれまた何かやらかす。いま、とっちめておいたほうが本人のためだ。さあ、来い」

睦五郎が信吉を引っ張った。階段を躓《つまず》きそうになりながら下りた。

「待ってください」

新吾は階段を駆け下りた。

「絶対にそんなことはさせません」

「かみさんでもいればともかく、だめだ」

康平が言ったとき、

「ここにおります」

と、暗がりから声がした。

みなの視線が声のほうに向いた。

「おきよさん」

新吾が叫んだ。

「お願いです。必ず、うちのひとをまっとうにさせます」

「おかみさんがこれだけ言うのだ。信じてやったらどうだね」

幻宗が口をはさんだ。

「いや、そうはいかねえ。この男は観音の六助の倅だ。同じ血が流れている」

睦五郎が口元を歪めた。

「そうか、ならば仕方ない」

幻宗が口調を変えた。

「親分と亀七の間にはどうも割り切れぬものがある。おしんのかどわかしだ。親分は、このかどわかしを知っていたんじゃないのか」

「な、何を言んだ」

睦五郎がうろたえる。

「内偵をしていたのに亀七の動きを知らなかったのか」

「そうだ」

「なぜ、亀七を追ってここに来たのだ？」

「亀七を追ってだ」

「なぜ、同心の旦那、それと捕方もいっしょなのだ。このことがわかっていたからだ。これは何を意味するか。親分がおしんのかどわかしに気づいていながらわざと見逃した、つまり一味だ。いや、あるいは、主導したのは亀七ではなく、親分なのではないか。おそらく、吟味《ぎんみ》で、亀七はそう言うだろう。わしもそう証言するかもしれぬ」

「きさま」

睦五郎が頰を震わせた。

「どうなのだ？　信吉を返せば、わしもよけいなことは言わぬ」

「わかった」

康平が大声を出した。

「信吉は亀七の仲間ではない。そう信じよう。だが、いちおう、大番屋に来てもらおう。今夜はそこで過ごし、明日の朝、解き放つ」

「しかと相違ないですな」

「相違ない」

康平は約束した。睦五郎も頷いた。

「幻宗先生。最後に、確かめておく。先生はさきほど、支援者は権蔵だと言った。そのことは偽りであろう」

「さよう」

「ほんとうの支援者は誰だ？」

「名はご勘弁ください」

幻宗は頭を下げた。

「うむ」

康平は不快そうな顔をした。

「行くぜ」

睦五郎が信吉に声をかけた。

頷いて、信吉は睦五郎について行く。

「おまえさん」

おきよが追いかけた。

「おきよ」

信吉が振り返った。

「すまなかった」

「待っているから」

「ああ」

信吉が笑った。

「親分。どこの番屋ですか」

「南茅場町《みなみかやば》だ」

一行は山門を出て行った。

「さあ、我々も引き上げよう」

幻宗が言う。

「先生、新吾さま、ありがとうございました」

おしんがぴょこんと頭を下げた。

「いや、わしのために危ないめに遭わせてしまった。詫びなければならぬ」

幻宗はやりきれないように言う。

「おきよさん」

新吾は声をかけた。

「よく来てくれました」

「いえ、こちらこそ、いろいろ」

「山谷町まで送って行きます。どこかで駕籠を拾いましょう」

「どこか大番屋の近くの旅籠がありませんでしょうか。明日、山谷から出て来るよりは、少しでも近い場所から……」

「よかったらわしのところに泊まりなさい。何もないが」

幻宗が口にした。

「ええ、そうなさいまし」

おしんも口添えする。

「おきよさん。もし、ご実家のほうが心配ないのなら、ぜひそうなさいな」

新吾も勧めた。

「でも……」

「遠慮することはない」

幻宗はもうその気になっていた。

「よし、行こう」

もう幻宗は歩きはじめた。

「さあ、行きましょう」

おしんがおきよに言う。

「はい」

おきよの返事を聞いて、新吾は幻宗のあとを追った。

「先生。きょうのこと、いえ、今回のこと、なんとなく割り切れません」

新吾はいきなり切り出した。

「うむ」

幻宗は厳しい顔で頷いたが、何も言わない。

幻宗が支援者の名を隠していることも割り切れないことのひとつだ。なぜ、幻宗は言おうとしないのか。

夜道をもくもくと歩き、本所を過ぎ、ようやく深川の常盤町二丁目に帰って来た。

家の前に三升の姿があった。

こっちに気づいて三升が駆けて来た。おしんも小走りになった。

「おしんさん。無事か」

「はい」

「よかった」

ふたりが喜び合っている脇を、幻宗はすり抜けて行った。

「あっ」

三升はあわてて幻宗のあとを追った。

「おしんさん、おきよさん。私は帰ります」

「はい。ありがとうございました」

ふたりが礼を言う。

「明日、お迎えにあがります。いっしょに、大番屋まで信吉さんを迎えに行きましょう」

「はい」

「では」

ふたりに見送られて帰途につく。三升とおしんは好き合った同士だ。おきよと信吉もうまくいくような予感がした。なんとなく微笑《ほほえ》ましかった。

そのとたん、ふいに香保の顔が脳裏を掠めた。なぜ、香保の顔が過ったのか。自分でもよくわからなかった。

四

翌朝、新吾は日課の木刀五百回、真剣二百回の素振りを行った。

朝飯を食い終えると、順庵が何か言うのを無視して、家を飛び出した。そういえば、きのう帰ったとき、上島漠泉からまた誘いが来ているようなことを言っていた。上の空で聞いていたので、細かいことまで覚えていなかった。

幻宗のところに行くと、きのうの騒ぎなどまったくなかったかのように、大部屋にはたくさんの通い患者が集まり、いつものように治療がはじまっていた。

おきよは支度して待っていた。あまり眠れなかったのか、目が赤い。信吉のことが原因だ。

「行きましょうか」

新吾はおしんに断り、おきよを連れて、幻宗の家を出た。

気が急くのか、おきよは遅れることなく足早について来て、永代橋を渡り、霊岸島から、南茅場町にやって来た。

大番屋に着き、新吾は戸を開けた。

同心の笹本康平が座敷の上がり框《かまち》に腰を下ろし、睦五郎がその前に立っていた。

新吾に気づいて、あわてて話をやめた。

「信吉さんを迎えに来ました」

新吾が声をかけると、睦五郎がこっちにやって来て、

「大家といっしょに、たった今帰ったところだ」

「そうですか」

霊岸島のほうからやって来たので、信吉が帰る道とは反対方向だったのだ。

すぐ大番屋を出ようとして、新吾は振り返った。

「六助のことですが、あとひと月も持ちません。どうか、このままそっとしておいていただけますか」

「わかっている」

睦五郎が答えたあと、笹本康平が立ち上がった。

「幻宗の支援者は誰か、そなたは心当たりはないのか」

「いえ、ありません。私も気になっているのですが。そのことが何か」

「なんでもない。ただ、きいただけだ」

康平は厳しい顔で答えた。

なぜ、幻宗の支援者を気にするのだろうか。そのわけを考えながら、新吾はおきよとともに大番屋を出た。

楓川にかかる海賊橋《かいぞく》を渡り、日本橋川にかかる江戸橋に向かった。そして、伊勢町堀に歩いて行くふたりの男の後ろ姿を見つけた。ひとりは肥っていて、もうひとりは細身だ。

いきなり、おきよが駆けだした。

「おまえさん」

信吉が立ち止まって振り返った。

「おきよ」

「おまえさん」

ふたりは手を取り合った。

「すまなかった。俺がばかだった」

「私のほうこそごめんなさい」

肥った大家が新吾のそばにやって来た。

「よくやってくださいました。このとおりです」

大家が肥った体をふたつに折った。

「いえ、私はたいしたことをしていません」

「いや、あなたさまのおかげ」

信吉が近づいて来た。

「ありがとうございます。このとおりです。あなたがいなければ、私は人の道を踏み外し、お天道様に顔向け出来ない人間になってました」

　信吉も深々と体を折る。

「信吉さん。六助さんに会ってやってくれませんか」

「六助……」

　信吉の表情が強張った。

「六助さんは最後にあなたに会って詫びたがっているのです。それで、安心して旅立ちたいと思っているのです」

「……」

「あなたがどう思おうと、六助さんとは血がつながっているのです。あなたの父親なのです」

「あっしに盗っ人の血が流れていると思うと……」

「それは違います。六助さんだって、生まれたときから盗っ人だったわけではありません。親しい人間の裏切りにあったり、貧苦に喘ぐ中で、つい悪い奴に誘われ、ずるずると悪の道に入ってしまったんです。もし、そのとき、誰かが手を差し伸べてやれば、六助さんだってまっとうになれたんです。最初から、悪い人間なんていません」

「しかし」

「あなたを亀七の魔の手から助けてくれと私に頼んだのは六助さんなんです。どうか、六助さんに会ってやってください」

「先生は……」

信吉が不思議そうにきいた。

「なぜ、そこまでするのですか」

「私は医者です。でも、もう六助さんは手の施《ほどこ》しようがないのです。お迎えを待つだけです。医者として何もしてやれない己の無力さに耐えられないのです。私に出来ることは、六助さんを安らかにあの世に送ってあげることだけなのです。信吉さん、お願いします。心から父親と呼べないなら、嘘でもいい。嘘でもいいから会ってやっていただけませんか。このとおりです」

通行人が訝しそうに見ながら通りすぎて行く。

「おまえさん。私もいっしょに会います。会ってあげて」

おきよが口添えした。

「……」

「おまえさん。いま会わないと、もう一生会えないんですよ」

「わかりました」

信吉が折れたように言った。

「先生には助けていただいた恩誼《おんぎ》があります。会います。自分の心を偽って」

「構いません」

仕方ないと思った。実際に会えば、新たな感情が湧き起こるという期待は出来ない。六助は骨と皮だけの体だ。顔も髑髏にかろうじて皮がはりついているようだ。そんな顔を見て、まず人間とは思えまい。醜悪なものでしかない。事実、新吾ははじめて六助を見たとき、吐き気を催したのだ。

「大家さん。じつは、生き別れになっていた父親が信吉さんに会いたがっているのです」

新吾は大家に了解を求め、人形町の家に寄ることを告げた。

新吾が部屋に入ると、六助は眠っていた。荒い呼吸で、かろうじて生きているとわかる。そんな感じだった。

「きのうからずっと眠っていることが多くなりました」

婆さんが言う。

うっという声が聞こえた。信吉だ。六助の姿を見て衝撃を受けたようだ。おきよも息を呑んでいた。

新吾は六助に顔を近づけ、

「六助さん」

と、呼びかけた。

一度の呼びかけで、六助は目を覚ました。

「あっ、若先生」

六助は顔を向けた。

「また、夢を見てました。信吉が会いに来てくれたんです」

「六助さん。夢ではありませんよ。信吉さんが来てくれました」

六助が不思議そうな顔をした。

新吾は場所を空け、信吉を促《うなが》した。

信吉は硬直したように突っ立っていた。顔面は蒼白だ。逃げ出すのではないかと不安になった。目の前にいる骨と皮だらけの、人間とも思えぬ男を父親とは嘘でも言えないのではないか。

だが、紛れもない、あなたの父親だと、新吾は内心で信吉に言った。

「信吉さん」

新吾は声をかけた。頼む。嘘でもいいから、おとっつぁんと声を……。新吾は祈った。

やっと、信吉の足が動いた。そして、枕元に膝をついた。

「信吉か。おお、信吉」

六助が目をいっぱいに見開き、枯れ枝のような手を伸ばした。

いきなり、信吉がその手を握った。

「おとっつぁん。おとっつぁんなのか」

「信吉。すまなかった。ずっと放りっぱなしで」

「会いたかったぜ」

「許してくれるのか」

「こうして会えたんだ。それがなによりだ」

「信吉……」

六助の目が濡れてきた。

「信吉。立派な職人になってくれ。あの世から、必ずおまえのことを守ってやるからな」

「おとっつぁん。せっかく会えたんだ。いっしょに暮らそう」

「ありがとうよ。その言葉だけでもう思い残すことはねえ。そのひとはかみさんか」

六助はおきよに目をやった。

「そうだ。おきよだ」

「おとっつぁん。おきよです」

おきよが顔を覗かせた。

「おきよさんか。信吉のことをよろしく頼みます」

「はい」

「若先生」

六助が新吾を呼んだ。

「なんですか」

「そろそろ、迎えが来た」

「何を言うんです。まだ早い」

「いや、阿弥陀《あみだ》様のご一行が待っています。伜夫婦に看取られ、畳の上で死ねるなんて、俺は果報者《かほうもの》だ。これも、若先生のおかげです」

六助の目が閉じた。

「六助さん」

「おとっつぁん」

呼びかけると、また目を開いた。だが、薄目だ。

「信吉。あの世で、おっかさんにもちゃんと謝るから心配するな。信吉、会えてうれしかったぜ」

六助は目を閉じた。口許が綻《ほころ》んでいるようだ。荒い呼吸は止んでいる。

「おとっつぁん」

信吉が叫んだ。

脈をとるまでもなかった。六助は穏やかな顔で死んでいた。

「おとっつぁん」

信吉が涙を流した。

「六助さんのこんな安らかな顔を見たのははじめてです」

新吾は感嘆したように言った。

「不思議でした。こんな姿なのに、一目見たとき、おとっつぁんだとわかりました」

「信吉さんを待っていたんですね」

信吉が急に嗚咽を漏らした。

新吾は立ち上がり、部屋を出た。

「しばらく親子だけにしてあげましょう」

新吾は婆さんに声をかけた。

数日後、新吾は順庵とともに上島漠泉の招きで、木挽橋の袂にある料理屋『梅川』にやって来た。

二階の『桐の間』の座敷には漠泉と香保がすでに来ていた。

「遅くなりました」

順庵が恐縮したように平身低頭する。必要以上にへつらう順庵を、新吾は冷めた目で見ていた。

「いや。我らが早すぎただけだ。じつは、新吾どの。同心の津久井半兵衛どのがそなたに話があるそうだ。会ってくれるか」

「津久井さまが?」

そういえば、室吉殺しはどうなったのか。そのことも知りたいので、望むところだ。

「今、別の部屋で待っている」

「わかりました。では、さっそく」

「香保。案内せよ」

「はい」

香保はすました顔で立ち上がり、

「どうぞ」

と、新吾に声をかけた。

新吾は香保の案内で、別間にいる津久井半兵衛と会った。

「御足労、痛み入る」

半兵衛は低姿勢だった。

「いえ。私にお話とは？」

「きのう、川崎大師《かわさきだいし》近くの百姓家に潜伏していた清次郎とおはま夫婦が捕まりました。今朝から取調べをし、室吉殺しを追及しました」

「そうですか。やはり、室吉さんを殺したのは清次郎とおはまでしたか」

「いや、まだ白状していません。だが、いきなり室吉が現れ、権蔵の二千両を奪ったのはおまえたちかと迫られ、六助一味にばれたと怖くなり、金を持って逃げたということは認めました。だが、殺しは認めていません」

やはり、想像どおりだ。室吉を殺したのも清次郎に違いない。

「おはまは権蔵から二千両を奪った経緯《いきさつ》も白状しました。だが、権蔵殺しはやはり認めようとしない。板橋宿で喧嘩が原因で権蔵が殺されたので、隠してあった二千両を奪った。あとで、権蔵の仲間には、失明から救ってくれた幻宗に謝礼として二千両を渡したと話したそうです」

すでにわかっていることで、それを清次郎とおはまの側から確かめられたということだった。ただ、殺しを認めないのは、少しでも罪を軽くしたいからだろう。

「おはまは権蔵が住んでいた百姓家の主人夫婦に金を渡し、幻宗が金を運んだように六助の仲間に言わせたという」

新吾は黙って聞いていたが、なぜ、半兵衛がわざわざここまでやって来て新吾にこのような話をするのかがかえって気になった。

そんな気持ちが顔色に出たのか、半兵衛が口にした。

「ここまでのことはすでにご存じであろう。問題はこれからです」

「ふたりが殺しを認めていないことですね」

「うむ。そのことについて、きょうになって、清次郎が妙なことを言い出した」

「妙なこと?」

「狢の睦五郎のことです」

半兵衛は厳しい顔になった。

「清次郎とおはまが、権蔵と室吉を殺したのは睦五郎だと言い出したのです」

「睦五郎が？」

「とんでもない言い逃れだと思うが……。もちろん、睦五郎は出鱈目《でたらめ》だと怒っていました。だが、なんだかしっくりいかぬのです」

「……」

「数年前から、睦五郎は観音の六助一味を追っていました。おはまの話では、二年ほど前から、睦五郎は権蔵に目をつけていたらしい。睦五郎はもともと板橋宿のならず者だった。それを、笹本康平が手札を与えて使い出した男です。六助一味を追っていくうちに、権蔵に行き着いた可能性がある。そういうことからすると、おはまの言うことも的外れではない」

「津久井さま。睦五郎については私も合点のいかないところがあります。亀七らに近づいたのは一味を一網打尽《いちもうだじん》にするためだと言ってました。でも、そのために幻宗先生を危険に晒してまで……」

「どうも睦五郎の狙いは幻宗先生のような気がしてなりません。何か心当たりはありませんか」

半兵衛が鋭くきいた。

「いえ」

ふと、新吾はあることが閃いた。

おしんをかどわかし、幻宗先生の支援者のことを聞き出そうとしていた。なぜ、支援者が問題なのか。

二千両を万年橋まで持ってこなければ医院に火を放つという最初の脅迫状を受け取ったあと、新吾は睦五郎に会って、二千両は幻宗に渡っていないことを亀七にも伝えるように話した。だが、睦五郎は亀七にはその話をしていなかった。

おしんを直にかどわかしたのは睦五郎の手の者だ。あくまでも、亀七たちの仕業に見せかけての……。

なぜ、睦五郎はそんな真似をするのか。

「幻宗先生の支援者を知りたがっていたのは睦五郎なのかもしれません。なぜ、睦五郎がそれを知りたがっていたのか」

「いまとなっては、睦五郎を追及するのは難しい。睦五郎の言い分のほうが通ってしまう。あなたから話を聞いたとき、睦五郎を調べておくべきでした。いまとなっては、遅い」

半兵衛は悔しそうに言った。

しかし、もし睦五郎が権蔵と室吉を殺したのならこのままにしておくことは出来ない。

「津久井さま。もしかしたら、室吉は清次郎とおはまに会ったあと、睦五郎に会いに行ったんじゃないでしょうか。きっと誰かがふたりがいっしょのところを見ているはずです。深川辺りに目撃者を捜したらどうでしょうか」

「なるほど」

「それから、睦五郎の暮らしぶりを調べたらどうですか。身分不相応な暮らしをしていたら、その金の出所を調べれば……」

「そうですな。よし、やってみよう」

半兵衛が意気込んで引き上げたあとも、新吾は座敷に残ってしばし考え込んでいた。

「新吾さま」

香保が声をかけた。

「どうなさったのですか。津久井さまがお帰りなさったのに戻らないので心配になって」

「すみません。すぐ、行きます」

新吾は立ち上がった。

さっきの『桐の間』に向かう途中の廊下で、香保が囁くように言う。

「早くしないと、私との縁談を破棄出来なくなりましてよ」

「あなただって困るでしょう」

「さあ、どうでしょうか」

そう言い、香保はさっさと『桐の間』に戻って行った。

五

漠泉と順庵はすでに酒を呑んでいた。

「どうであったな。津久井どのの話は有意義であったかな」

「はい」

「それにしては、顔が優れぬようだが」

漠泉は顔色を読んできいた。

「はい。いささか不可解なことがございまして」

「新吾どのは、本所、深川界隈で勢力を誇っている医者をご存じか」

「いえ」

「本所回向院《えこういん》前にある松木義丹《まつきぎたん》という御目見医師がいる。流行り医者だ。この者の下で修業した医者が本所・深川の各地にいる」

　何を言い出すのかと、新吾は漠泉の次の言葉を待った。

「松木義丹は漢方医の雄だ。蘭学を嫌っている。蘭方医の幻宗がただで患者を診ている。そのことだけでも、漢方医らにとっては面白くないことかもしれない。なにしろ、患者をとられるのだからな」

「漢方医は幻宗先生に対して……」

「実際はどうかわからぬ。だが、幕閣でも蘭学に対する風当たりは強い。そういうことも頭に入れておいたほうがいい」

「ありがとうございます」

「さあ、呑みなさい」

　漠泉が手を叩くと、先日もやって来た芸者の吉弥とはる駒だ。

　香保がうれしそうに吉弥と挨拶をする。香保は不思議な女だ。女のくせして芸者と遊んで楽しいのかと、新吾は呆れる思いだ。

「さあ、おひとつ」

　吉弥は新吾の前にやって来た。

　盃を出すと、吉弥が酌をする。漠泉と順庵ははる駒相手に盛り上がっている。香保が立ち上がった。

部屋を出て行った。

「どうしたのだ？　まさか、他の部屋に男を待たせているのでは」

新吾は呟くように言う。

「あら、香保さまはそんな御方ではありませんよ」

「しかし、香保どのはずいぶん遊んでいるようではないか。いつぞやだって、役者や遊び人ふうの男たちと呑んでいた」

「あれは違いますよ。みなさん、漠泉先生に病気を治してもらったひとたちばかり。お礼に、香保さまを接待。そのとき、必ず香保さまは私を呼んでくださいます」

「でも、あの男の中に香保どのの好きな者がいるのではないか」

「いやですわ。でも、香保さまの振る舞いを見ていたらそう思われるのは無理ないかも。香保さまは男嫌いなんですよ」

「男嫌い？」

「言い寄る男をみな袖にしています」

「まさか」

「やっぱり、先生も香保さまをあばずれと見ていたんでしょう。それは先生の見立て違いですわ」

香保と同じことを言う。ふたりは示し合わせているのかとも思ったが、香保がそうまでして男嫌いを新吾に対して演じる必要はない。

香保が戻って来た。

「あら、なにやら深刻そうなご様子？」

近づいて来て、吉弥の隣に腰を下ろした。新吾は新鮮な驚きで香保を見つめた。

「あら、何か顔についてて？」

香保が頬に手を当てた。

「いや、失礼」

新吾はあわてた。

その後、新吾はなぜか落ち着きをなくした。そして、俺は富や名声のために結婚などしないのだと、わけもなく自分に言い聞かせていた。

翌日の夕方、新吾は本所回向院前にある松木義丹の施療院を見通せる場所に立った。ここに来る前に、深川から本所にかけての四カ所の町医者を見てきたが、あまり通い患者はいないようだ。

松木義丹は御目見医師だけあって、武家の妻女ふうの女も玄関に消えて行く。通い患者の数は少ないが、患者は裕福そうなものばかりのようだ。

四半刻ほど経った。その場からひきあげようとしたとき、ふと竪川のほうから尻端折りした男がやってきた。狢の睦五郎だ。

睦五郎は松木義丹の家に入って行った。診察なら表玄関から入るだろうが、家人用の出入口からだ。

やはり、睦五郎は松木義丹とつるんでいたのではないか。新吾は睦五郎が出て来るのを待った。

思ったより早く出て来た。渋い顔をしているのは、役目を果たせず、義丹から叱責を受けたためのように思えた。

睦五郎は竪川のほうに向かう。深川に引き上げるようだ。新吾はあとを追った。

二ノ橋を渡り、弥勒寺の前を素通りした。

弥勒寺橋を渡ったところで、新吾は睦五郎に声をかけた。

「なんでえ」

睦五郎は立ち止まって振り返った。

「あっ、てめえは」

睦五郎は顔をしかめた。

「親分は松木義丹先生と親しいようですね」

「な、なにを言う」

「漢方医たちのために幻宗先生を何とかしてくれと頼まれたんじゃないですか。だから、亀七たちを利用して幻宗先生の支援者を探ろうとした。支援者がわかったら、何らかの圧力をかけて、支援をやめさせる。そうすれば、幻宗先生の施療院は干上がる」

「何を吐《ぬ》かすか。証拠がどこにある?」

「同心の笹本さまも承知のことか」

「そんなくだらん話につきあっている暇はねえ」

睦五郎は立ち去ろうとした。

「権蔵と室吉を殺したのは親分ではないのか」

「なんだと。おとなしくしていればつけあがりやがって」

「室吉さんは権蔵から金を奪ったのはおはまと清次郎だと思い、ふたりに会いに行った。そこで、清次郎とおはまは、親分の名を出した。室吉さんはそのことを確かめるために親分に会いに行った。親分はとぼけるしかない。よし、もう一度清次郎のところに行こうと誘い、深川から本材木町に向かう途中、京橋の袂で室吉さんを殺した……」

「な、なにを言いやがる」

睦五郎は顔を強張らせ、

「証拠があるのか。証拠を出してから言え。冗談じゃねえ」

そう吐き捨てて、足早に新吾の前から去ろうとした。だが、いくらも行かないうちに、睦五郎は足を止めた。

前方に、津久井半兵衛と笹本康平の姿があった。

「睦五郎。津久井どのが室吉殺しできいたことがあるそうだ」

笹本康平が言うと、睦五郎はぶるぶると体を震わせた。

「それから、おめえは女房に呑み屋をやらせ、その上に妾を囲っていたな。一年半ぐらい前からおめえの羽振りがいいのが気になっていたんだ」

「旦那」

睦五郎は喉に引っかかったような声を出した。

「やい、睦五郎。よくも俺の顔に泥を塗ってくれたな」

笹本康平が息巻いた。

睦五郎がくずおれた。

津久井半兵衛が新吾の前に立ち、

「室吉と睦五郎のふたりと永代橋ですれ違った職人を見つけた。その職人は『鶴亀屋』の客で、室吉の顔を知っていた」

「そうですか」

「おかげで助かった。礼を言う」

半兵衛は頭を下げた。


それから、新吾は幻宗のところに行った。もう、すっかり暗くなっていた。

玄関に向かうと、いつぞやの饅頭笠をかぶった裁っ着け袴の侍とすれ違った。やはり、この男が支援者に関わりある人間かもしれない。

そう思った。追いかけてきいてみようと思ったが、あまりにも不躾《ぶしつけ》であり、第一、正直に答えてくれるはずもないと思い止まった。

改めて玄関に向かった。まだ、履物はたくさんあった。

大部屋で通い患者といっしょに診察が終わるのを待った。半刻近く経って、ようやく最後の患者が引き上げて行った。

それから新吾は濡縁に出て酒を呑みはじめた幻宗のそばに行った。

「さっき、狢の睦五郎が権蔵と室吉を殺した疑いでお縄になりました」

「うむ」

幻宗は厳しい顔で頷いた。

「それから、睦五郎は漢方医の松木義丹の家に出入りをしていたようです。先生、睦五郎は松木義丹の命を受けて先生の施療院を潰そうとしたのではありませぬか」

「愚かだ。医者の本分をなんと思っているのか」

幻宗は顔を歪めて吐き捨てた。

「お気づきでしたか」

「ここの支援者を知りたがっていた。おそらく、支援者に威しをかけて支援をやめさせようとしたのであろう。まったく愚かだ。友納長四郎どのの息子長一郎どのを診察していたのは松木義丹だ。あのままなら、長一郎どのは命を落としていた」

友納長四郎は本所の狼と呼ばれた旗本の親玉だ。

「病気を治すのに漢方医も蘭方医も関係ない。お互い、それぞれのよいところをとって治療に当たればよい」

まるで、庭先に漢方医がいるような口振りでまくしたてた。

「これからますます蘭学に対して締めつけが厳しくなるかもしれぬ。ご政道を司《つかさど》る連中が愚かでは国が滅びる」

「先生、滅多なことは……」

「構わぬ。こんなことでめくじらを立てるような為政者の下ではまっとうな医術は行えぬ。民の不幸だ」

いきなり幻宗ははっと我に返ったように大きな目をぱちくりさせて、

「すまぬ。別に酔っているわけではない。まだ、呑みはじめたばかりだ。ただ、少し昂奮してしまった。別にそなたに怒っているわけではない」

と、自嘲ぎみに口許を歪めた。

「先生の仰ること、よくわかります」

新吾は微笑んだ。

「そうか。まあ、まだまだ蘭方医はこれからだ」

「先生。また、この前のお侍とすれ違いました。ひょっとして、あの御方が先生の支援者の使いでは？」

「違う」

幻宗はきっぱりと言い、厳しい顔つきになった。

「気になります。どなたなのですか」

「知る必要はない」

「これからも出会うといけませぬ。せめて、名前だけでもお教えいただけませぬか」

「これからも出会う？」

「はい、先生。私をここで働かせていただけませぬか」

「ばかを言うでない。そなたは宇津木順庵どのの……」

「いえ、私は先生のところで修業をしたいのです」

まだ、順庵には告げていないが、新吾の腹は決まっていた。幻宗こそ、自分が目指す医者の理想だ。

「そなたはわしをかいかぶっておる。それほどの人間ではない」

「どうか、お願いいたします」

幻宗はそのことに答えず、

「あの方の名は」

と、饅頭笠の侍の名を口にした。

「間宮林蔵《まみやりんぞう》どのだ」

「間宮林蔵さま……。樺太《からふと》を探索したという間宮さまですか」

「そうだ」

「どうして、間宮さまが幻宗先生のところに?」

「勝手に来ているだけだ。そのようなことはどうでもよい。さあ、わしはもう休む」

幻宗は片膝を立てた。

「先生、もうひとつ教えてください」

「なんだ?」

「手紙です」

「手紙?」

「私が長崎で吉雄権之助先生から預った手紙です。どのような内容だったのでしょうか」

「なぜ、気にする?」

「手紙を読んだあとの先生の顔が厳しかったからです。私が厄介なことを長崎から運んで来たのではないかと気になります」

「なんでもない」

立ち上がって、幻宗は行きかけた。が、足を止め、後ろ向きのまま言った。

「シーボルト先生からの言づけが記されていた。それだけだ。気にするようなことではない」

そう言い、幻宗は奥に引き上げた。

そのとき、玄関に誰かが駆け込んできた。おしんが幻宗の部屋に向かった。

「先生。北森下の源助《げんすけ》さんが倒れたそうです」

そう言うおしんの声がきこえた。

「困ったわ。三升さん。さっき出かけたばかりで」

すぐに幻宗が薬籠を持って出て来た。こういうときのために、幻宗は酒を控えめにしている。

幻宗は黙って玄関に向かった。

「源助さんというのは？」

「鋳掛《いか》け屋の源助さんです。独り者の年寄りで、体が悪いのに働きに出て。以前にも倒れたことがあるんです」

「私も行ってみます」

新吾はあとを追った。玄関を出ると、もう幻宗の後ろ姿はだいぶ先にあった。新吾は追いつき、幻宗から薬籠を受け取る。

「急ぐ」

幻宗は足早になった。

「はい」

新吾は応じる。

一日の治療の疲れを見せず、貧しい病人のもとに駆けつける幻宗に、新吾は心を打たれている。自分が目指すのはこういう医者なのだ。

月影さやかで、ふいに香保の顔が脳裏を掠めた。なぜ、こんなときに……。俺はどうかしている。そう思いながら、人通りの絶えた暗い道を新吾は薬籠を担いで幻宗とともに患者のいる長屋に急ぐのだった。

本作品は書き下ろしです。

双葉文庫

こ-02-16

蘭方医《らんぽうい》・宇津木新吾《うつぎしんご》
誤診《ごしん》

2014年12月14日　第1刷発行
2018年11月29日　第5刷発行

【著者】
小杉健治《こすぎけんじ》

【発行者】
箕浦克史

【発行所】
株式会社双葉社
〒162-8540 東京都新宿区東五軒町3番28号
［電話］03-5261-4818(営業)　03-5261-4840(編集)
www.futabasha.co.jp
（双葉社の書籍・コミックが買えます）

【印刷所】
大日本印刷株式会社

【製本所】
大日本印刷株式会社

【CTP】
株式会社ビーワークス

【表紙・扉絵】南伸坊
【フォーマット・デザイン】日下潤一
【フォーマットデジタル印字】恒和プロセス

ISBN978-4-575-66703-5 C0193
Printed in Japan

父と子の旅路

小杉健治

青年弁護士・祐介のもとに、彼の両親を殺害した死刑囚の再審という依頼が来た……。感動の法廷ミステリー。

定価六四八円＋税

検事・沢木正夫　公訴取消し

小杉健治

沢木検事は、被疑者の些細な言動に疑問を持ち、事件の洗い直しを始める。「検事・沢木正夫シリーズ」第一弾！

定価六八六円＋税

検事・沢木正夫　第三の容疑者

小杉健治

殺人事件の公判中、被告の支援者が別の殺人事件容疑者に‼「検事・沢木正夫シリーズ」第二弾！

定価六六七円＋税

検事・沢木正夫 共犯者

小杉健治

実行犯を操る男は、なぜ完璧なアリバイづくりを放棄したのか⁉「検事・沢木正夫シリーズ」第三弾！

定価六五七円＋税

検事・沢木正夫 宿命

小杉健治

容疑者女性がひた隠す秘密。それは沢木の運命をも変えるものだった！「検事・沢木正夫シリーズ」第四弾！

定価六五七円＋税

本所奉行捕物必帖 浪人街無情

小杉健治

不平不満を抱えた浪人たちが集まる無法地帯「本所魔界地」。兄の遺志を継ぎ、秀次郎は密偵として潜りこんだ。

定価六二九円＋税